U0108827

為孩子解讀

《西遊記》

李天飛 著

中華教育

目錄

《西遊記》中的世界是甚麼樣的？

你如果寫過記敍文，老師一定會說：「記敍文的要素是時間、地點、人物⋯⋯」

是的，這三個詞的意思其實是說，任何故事，都要發生在一個時空環境中：故事發生在甚麼時間？發生在甚麼空間？主體是誰？

小朋友寫記敍文是寫小故事，大作家寫大部頭小說是寫大故事，然而兩者其實沒有任何區別。任何作家寫故事之前，明確「三要素」是必做的第一步功課，古今中外，都不能例外：他必須對自己故事中的時空環境進行設定，給自己的故事搭建起一個舞台來。這種設定，在現代的作家那裏，借用了一個哲學術語，叫「世界觀」。

時間 + 空間 + 主體 = 一個完整的世界。

《西遊記》作為世界上最好看的故事之一，當然不能例外。

　　這個世界，也許是完全現實的世界，比如《水滸傳》，將故事設定在真實的宋代，真實的中國大地上，「水泊梁山」這個地方也真的有──就在今天的山東省濟寧市梁山縣，你放假時可以去旅遊。

　　當然，也許是完全虛擬的，比如著名的《冰與火之歌》，世界上根本就沒有這樣一塊「維斯特洛大陸」也沒有甚麼「北境王國」「山谷王國」……不得不佩服，這些都是作者憑空編出來的。

　　而還有一種故事，設定在一個半真實、半虛擬的世界中。這種故事的典型，在西方，就是《哈利・波特》；在東方，就是《西遊記》。

　　《哈利・波特》在真實的「麻瓜」世界之外又造出了一個魔法世界，英國倫敦是真實的，而霍格沃茨魔法學校是編出來的。《西遊記》的故事也如此：主要部分設定發生在唐代，地點是真實的中國大陸、佛法所在的印度以及連接中國和印度的道路，大致就相當於中亞一帶。

　　因為歷史上確實發生過玄奘法師去印度求學的真實事件，這件事是《西遊記》最早的原型。

然而如果只是這樣的設定，講歷史故事夠用了，但講神奇故事還不夠好玩。於是，作者在這個真實世界的基礎上，又擴展出一個立體的虛擬世界。

之所以說是立體的，是因為這個世界包括天上、人間和地下三層，這是一個極龐大複雜的結構，也是《西遊記》最吸引我們的地方。

首先，我們從人間講起。

作者覺得，真實的中國大陸並不足以寫一個神奇故事。於是，他想把設定搞得「魔幻」些。

其實很簡單，他借用了佛教「四大洲」的概念，管中國大陸叫「南贍部洲」；管中國西邊的地區（相當於今天的中亞、印度），叫「西牛賀洲」。此外，他還在「南贍部洲」的東邊，設計了一個虛擬的大陸，叫「東勝神洲」，這就是孫悟空的出生地。當然，按照佛教的說法，還應該有一個「北俱蘆洲」，但是這個洲沒發生甚麼故事，所以《西遊記》只提了一下名字。

看，這樣就顯得魔幻了吧！

其實佛教的「四大洲」原本不是這樣的。佛教認為，世界的中心是一座通天徹地的大山，叫須彌山。山的周圍，環繞着大海。而四塊大陸，就漂浮在須彌山東西南北四個方向。

四個大洲的長寬都約有十萬公里，而且都有人類生活，然而屬於不同的種族。

「東勝身洲」（佛經的翻譯用字和《西遊記》有些不同）的人類，身高約 3 米，壽命約 250 歲（所以說孫悟空壽命三百多歲也不稀罕麼，只能算此洲正常的高壽者）。

「南贍部洲」的人類，就是我們地球上的人類，身高 1.5 到 1.8 米，壽命約 100 歲。

「西牛貨洲」的人類，人身高約 7 米，壽命約 500 歲！

「北俱盧洲」的人類，人身高約 15 米，壽命約 1000 歲！

理論上說，《西遊記》裏甚麼南贍部洲啦，西牛賀洲啦，在佛經裏，都算「南贍部洲」的地盤。因為我們看《西遊記》裏所有人類的身高，不管在哪個洲，都是差不多的。

然而如果照佛經說的這麼寫，實在是給自己製造麻煩！比如說，讓唐僧師徒跑到西牛賀洲去，隨隨便便一個人都身高 7 米。他們怎麼住店？怎麼問路？怎麼吃飯？一隻大鍋估計都能把唐僧師徒裝下，一個包子興許都有生日蛋糕那麼大！

如果作者時時刻刻要照顧這些問題，就會給書裏留下很多 Bug。

所以說，《西遊記》大致還是用真實世界的地理環境背景

的，不過是借用了佛教的概念，作了自己的改造。

其次，就是天上的世界。

光有人間還不夠，要寫神仙，必須上天，於是，作者就根據佛教和道教的傳說，設計了天界。

佛教和道教都有天界的說法，但還是那句話：都太複雜了。比如佛教的天有 33 層，分佈在須彌山不同的方位。道教的天有 36 層，而且有許許多多的天宮……

真的照這樣寫，讀者會看得很累的！光這些「天」的名字就記不住，比如我列一個表在這裏，是道教的 36 天：

慾界六天：

太皇黃曾天、太明玉完天、清明何重天、玄胎平育天、元明文舉天、七曜摩夷天

色界十八天：

虛無越衡天、八極蒙翳天、赤明和陽天、玄明恭華天、耀明宗飄天、竺落皇笳天……

暈了吧？所以是不能照搬照抄的。

《西遊記》乾脆簡化處理，天上就一個「天宮」，「天宮」

的最高領袖是玉皇大帝——相當於地上的皇帝。「天宮」是方形的，有四個大門，分別叫南天門、西天門、北天門、東天門。南天門是最重要的門，眾神出入天宮，基本都經過這個門。

你看，這和地上的皇宮也很相似。你去北京的故宮看一看，也是有東西南北四個大門，而南面的午門是最重要的門。而且，一個午門還嫌不夠，前面又修了一座端門，一座天安門。

這樣的話，讀者只要見過皇宮（或者王爺府、城池），就可以照着自己的經驗想像出天上的世界，而不需要去記那些稀奇古怪的天名，那是留給專業人士研究用的。

「天宮」裏的機構，也是比照着皇宮寫的：故宮有上朝用的太和殿，「天宮」有靈霄寶殿；故宮有御花園，「天宮」有蟠桃園；故宮北面有一座大高玄殿，是皇帝修道煉丹的地方，「天宮」也有個兜率宮，是太上老君給玉帝煉丹的地方⋯⋯

所以說，「天宮」就是人間皇宮的翻版！

第三，地下的陰間。

光有天界和人間還不夠，地下也要有世界，這就是陰間世界：陰曹地府。

天界、人間、地府，正好構成了一個以人間為核心的對稱結構。

天界是一片祥和快樂，地府是一片鬼哭狼嚎。

按照民間傳說，陰間世界就在我們的地下。但是不一定真有一個空洞洞的地下室，因為就像神仙可以隨意在天上飛，鬼也是可以隨意出入土地的，就像魚能在水裏游一樣。

準確地說，陰間世界由三大部分構成：「地府」「地獄」「枉死城」。

「地府」，顧名思義，和政府、官府一樣，是處理陰間世界具體事務的。人死了之後，靈魂離開屍體，成為「鬼」。「鬼」或者自己走，或由地府工作人員「勾司人」押送，朝「地府」走去。「地府」其實是一座城，也有一座大門，叫「幽冥地府鬼門關」，這是陰間世界的入口。

城裏住着「地府」的主管者——十殿閻王。十位閻王各自有主管的事務，鬼魂一殿挨一殿地報到，關於他的不同事情，由不同的閻王處理，到最後一殿轉輪王，決定他是轉世為人，還是打入地獄受罪。

你如果辦過入學手續就知道：報到、交費、領校服、辦學生卡、分班級⋯⋯一關一關地走下來。好吧，雖然這個比喻不太恰當。

整座「地府」，坐落在一座大山的腳下，這座山叫「陰

山」。山前是地府，山後是十八層地獄。

如果生前是個好人，就直接送過「陰山」，到「六道輪迴」投胎轉世。如果生前作惡太多，就會被發配到地獄，那就大大地不妙了。地獄裏的大鬼小鬼會給他用刑：火燒冰凍下油鍋，大鋸會把人鋸開，銅蛇鐵狗會來吃他的肉……

其實這和「天宮」是皇宮的翻版一樣，「地獄」就是人間監獄的翻版。人間想得到的折磨人的方法，這裏都有。

陰間世界和「天宮」、人間不同的地方在於：「天宮」、人間都可以隨意走動，「天門」和皇宮門當然都是既可以進又可以出的。然而陰間世界的路線是單行線，是不可逆的。在《西遊記》裏唐太宗的靈魂來到「地府」，並沒有按原路返回，按照陰間鬼使的話，叫「有去路，無來路」。

「幽冥地府鬼門關」，就是陰間世界的唯一入口。進入「鬼門關」，就像進入了一個只能單向開的地鐵閘機，進去之後，就無法再從這個閘機出來，只能另行尋找出口。

我們平常說「人死不能復生」，就是這個意思。單向開門的「鬼門關」，象徵着死亡是一個不可逆的過程。

出口呢，卻有六個，不過六個閘機集中在一個地方，這就是另一頭的「六道輪迴」。

「輪迴」，和剛才說的「四大洲」一樣，都是佛教的概念，然而被《西遊記》簡化改造了。「輪迴」本來是指眾生生而又死，死而轉生，不停地處於各種生命形態中，像輪子一樣轉來轉去。根據佛教說法，生命形態有六種：

天道、人道、阿修羅道、畜生道、鬼道、地獄道

　　然而這還是太複雜了，而且帶有印度文化的特徵。比如中國人並不清楚「阿修羅」（印度傳說中好戰的神）是個甚麼東西，也不覺得「鬼道」和「地獄道」居然是兩回事！（印度佛教中的「鬼」和「地獄」裏的生命是兩種不同的形態）

　　不合適怎麼辦？改造！

　　於是，在《西遊記》裏，陰間世界的出口被設計成「六道輪迴」，就是一個大輪子！有點兒像抽獎轉盤似的東西。人死後都要進入輪子，接受篩選，輪子有六個出口，根據生前的所作所為，或者投胎到富貴人家，或者投胎到貧賤人家，有的則直接成為神仙。

　　到底會從哪個門出來呢？有時候「地府」工作人員會預先告訴你（比如唐太宗就被送到「超生貴道門」）；但大多數人的

篩選結果,要等出了某個門才真相大白!

那麼,那些關在「地獄」裏的鬼魂怎麼辦呢?這和人間監獄一樣,刑滿釋放了,自然也送到「六道輪迴」接受篩選,很像犯人出獄後的再就業。

陰間世界還有一個重要的地方,叫「枉死城」。

根據《西遊記》的設定,「枉死城」也是一座城,似乎離陽間世界的出口「六道輪迴」比較近。「枉死城」顧名思義,就是無辜而死的人。比如戰亂中被殺的人民,政變中的犧牲品等。

這些人也沒有甚麼太大的罪過,只是倒霉丟了性命,他們的怨氣當然是極大的。這就像人間受了不公正待遇的人,他們一定會到處奔走呼號,不能安於正常的生活工作。

總之一句話,就是不甘心!

所以,即便是具有篩選功能的「六道輪迴」,也沒法安排這些人的出路。閻王雖然權力很大,但因為他們不是罪人,沒法把他們關入「地獄」,只好把這些人安置到「枉死城」中。這些人很痛苦,既無法逆行回到陽間,又不願就此轉世投胎。

事實上,用神力超度「枉死城」中的鬼魂,使他們安安心心地轉世投胎,正是《西遊記》這部書中唐僧取經的初衷:東

土大唐的經書不夠高明，要到靈山取來高深的佛法，消解他們的怨氣。

所以《西遊記》說：「大唐有個取經僧，對天發下弘誓願。枉死城中度鬼魂，靈山會上求經卷。」

閻王只能負責按照法律獎懲，但是，法律的功能是有限的，消解人心中的痛苦，更需要一種同情人類痛苦的慈悲胸懷。

《西遊記》的設定是：獲得超凡入聖的神奇能力有兩個條件，而條件之一，就是需要這種慈悲、博愛的胸懷。

這就是《西遊記》第一個偉大之處。

第二個條件，我們下幾章再講。

第四，其餘的空間。

《西遊記》的空間，大概就分為天上、人間、地下三個部分，但這只是粗略的分法。其實還有一些靈異空間，它們雖然都在人間，但普通人類無法和它們溝通，很像所謂的異次元空間。

首先當然就是水裏的「龍宮」，按照《西遊記》的設定，每個水體江河湖海，甚至一口井，都有龍王管理，也都有龍宮。但普通人類是無法到達龍宮的，必須有一定的法力才行。

其次，就是「仙山洞府」，例如觀音菩薩的落伽山，束華

帝君的方丈島，其實如來佛祖的靈山也是這樣的地方。這些地方，一般人很難到達；即使到了，也會因為法力不夠而無法進入。比如如來佛祖的靈山上，就有一條大河，叫凌雲渡，把雷音寺和凡間世界隔開。要過凌雲渡，除非騰雲駕霧，或者脫胎換骨。

甚至妖精也會佔據各種洞府，比如比丘國國師有座清華莊，在一棵大楊樹裏，必須正轉三圈，倒轉三圈，然後敲敲楊樹，連喊三聲「開門」，才能進去。

按照書裏的描寫，清華莊裏的空間，遠遠大於楊樹樹幹的體積，所以，這就是一個異次元空間，或者是一個遊戲裏的「傳送門」，而不是像大狗熊冬眠的樹洞一樣。

這樣的設計，其實來自中國傳統「洞天福地」的說法。古人認為，名山都有「洞天」，這些「洞天」平時是不打開的，只有機緣巧合，才會向特定的人開放。

「洞天」內部有日月，有天空，是另外一個世界，有的方圓幾百里，還和別的山的「洞天」連通，而不是山體裏面的洞窟。

《西遊記》之所以成為世界公認的偉大著作，原因之一，就是它擁有一個宏大的世界。這個世界又不是完全虛擬的，而

是從真實的人類世界逐級擴充出來，並且從高深的宗教理論中作了簡化。所以，讀者既熟悉，又好奇。熟悉的地方，會心一笑；陌生的地方，也不覺得難以接受。

取經之路和真實的地理相差多遠？

　　《西遊記》的八十一難裏，有許許多多的險山惡水：比如黃風山、流沙河、火焰山、獅駝嶺⋯⋯也有形形色色的國度：比如車遲國、滅法國、朱紫國、祭賽國⋯⋯

　　有很多朋友會問，這些山，這些河，到底是實際上真有的，還是《西遊記》編出來的？

　　其實，這個問題很麻煩：既不能說是真有這些地方，也不能說《西遊記》在完全地胡編亂造。只能說，它確實盡了自己最大的努力，在想像西天路上究竟是個甚麼樣子。

　　歷史上，玄奘法師取經的路線，是從長安（今天的陝西西安）出發，通過河西走廊，走甘肅、新疆，然後轉而向南，經中亞地區，進入印度。從地圖上看，是圍着青藏高原兜了一個大圈子。

有朋友問，玄奘法師為甚麼不直接穿行青藏高原，從今天的尼泊爾、錫金一帶進入印度呢？從地圖上看，這可是一條直線。何必大兜圈子？

　　因為唐代的時候，青藏高原被吐蕃佔領着，和中原政權時戰時和，不便通行。又加上青藏高原氣候太過惡劣，還要翻越喜馬拉雅山脈，這在當時，幾乎是一件不可能完成的事。所以玄奘法師選擇繞行西域。

　　《西遊記》的各種故事，按道理來說，就發生在這條路線上。然而，《西遊記》產生於明代的東南沿海。即便是到了明代，仍然沒有火車，沒有汽車，沒有飛機。大多數人的生活，就是自己那一個小鄉小縣。當然也有些人出來做官、做買賣，但大多也僅限於漢族地區而已。

　　所以，在東南沿海寫作《西遊記》的文人們，很少知道這條通往中亞、南亞的道路，究竟是個甚麼樣子。

　　不知道，那就編！

　　人對沒有去過的地方，總會胡思亂想。我小時候一直以為：黃山一定是金黃金黃的，湖南省會長沙一定是一片沙漠，東北的松花江上一定漂滿了松花蛋（皮蛋）。天知道我為甚麼會有這種印象，大概小時候松花蛋吃多了！

然而編造故事的一大特點，就是以為陌生地方的事物，也會和自己生活中的事物一樣。正如我小時候只知道生活中有松花蛋，而不知道「松花」其實是古女真族語「松瓦」的音變一樣。

所以《西遊記》裏的國家、城市、村莊，無不是照着作者熟悉的地方寫的——準確來說，是照着東南沿海一帶的地方風光寫的。比如下面這段：

> 竹籬密密，茅屋重重。參天野樹迎門，曲水溪橋映戶。道傍楊柳綠依依，園內花開香馥馥。此時那夕照沉西，處處山林喧鳥雀；晚煙出爨（cuàn，粵音同「寸」），條條道徑轉牛羊。又見那食飽雞豚眠屋角，醉酣鄰叟唱歌來。（第十八回）

這可是出了兩界山，理論上，已經離開了大唐的邊境。無論如何，應該是像新疆、甘肅那樣的大漠、高山，甚至是草原。上哪兒找「竹籬密密」「曲水溪橋」？這分明是江南水鄉的典型風光！

又比如不論西域哪個國家，國王都有「金鑾殿」，下面都有「滿朝文武」，甚至滅法國還有「五城兵馬司」這樣明代才

有的官名，獅駝國還有「後宰門」這樣明代皇宮才有的地名，天竺國（就是實際的印度）皇帝叫「怡宗皇帝」，年號叫「靖宴」，這明明也是中國朝廷才有的習慣。不論哪個國家，舉國上下都說漢語，寫漢字，作漢語詩詞……好像唐僧走了十幾萬里，還在中國轉悠一樣。

這實在不能怪《西遊記》的作者沒有還原歷史真實，而是他們沒有那個條件。另外，《西遊記》在當時，只是一部通俗小說，老百姓只是聽聽看看，娛樂而已，作者更沒有必要事事還原真相，否則這工錢誰給？

還有一點，中國的小說、戲曲，有一個不同於西方文學的典型特點：寫意性。它只追求故事的緊張精彩，並不在意細節是否真實。就像京劇戲台上，千軍萬馬只是四個龍套扮演，在舞台上走幾步就表示千里旅行，無論演商代的、漢代的、唐代的，抑或宋代的故事，人物的衣服永遠是那一套。並不是表演商紂王就得穿一身獸皮、拿着甲骨文出來。

所以，《西遊記》不像今天的小說，還原歷史、地理的真實，並不是它的任務。

不過即便如此，《西遊記》還是保留了許多真實的歷史地理的影子。因為它畢竟源於玄奘法師的西行經歷，有些歷史真

實，是經過了幾百年也不曾抹去的，儘管它經過層層疊疊的加工，早已看不出原來的模樣。

比如，沙和尚的流沙河，就是一個典型的例子。

《西遊記》裏，是這樣寫流沙河的：

> 東連沙磧，西抵諸番；南達烏戈，北通韃靼。徑過有八百里遙，上下有千萬里遠。水流一似地翻身，浪滾卻如山聳背。洋洋浩浩，漠漠茫茫，十里遙聞萬丈洪。仙槎難到此，蓮葉莫能浮。衰草斜陽流曲浦，黃雲影日暗長堤。那裏得客商來往，何曾有漁叟依樓？平沙無雁落，遠岸有猿啼。只是紅蓼花繁知景色，白蘋香細任依依。（第八回）

這一段，就是典型的歷史真實和想像虛構混合起來了。

說它有一定的真實性，在於它的位置，寫得不算太離譜。「沙磧」，就是中國西北常見的沙漠。「烏戈」，應是「烏弋」。《漢書．西域傳》有「烏弋山離國」，在今阿富汗附近，後世常誤寫作「烏戈」。「韃靼」，又寫作「達達」，原是突厥統治下的一個部落。宋代以後，泛稱蒙古及中國北方諸少數民族為韃靼。不管怎樣，起碼這幾個地名沒有跑得太遠。

那麼，歷史上有流沙河嗎？有的。這就是位於今天新疆哈密市東南、甘肅敦煌以西的哈順戈壁。

　　這片戈壁沙漠，在唐代叫「莫賀延磧」，「磧」，就是沙漠的意思。它還有兩個名字，叫「沙河」或「流沙」。並不是說這裏有一條帶沙子的大河，而是說這裏的沙丘總是被風吹着流動，像河流一樣，所以叫沙河。

　　當年玄奘法師經過這裏，遇到了極大的危險：他把水袋不小心打翻了，四天五夜沒有水喝。據他說，快要渴死的時候，夜裏夢到一位神仙，催他快走，第二天就找到了水源。

　　在不久以後的玄奘法師取經故事中，這個神仙被說成是佛教的「深沙神」（深沙神和沙漠本來也沒有甚麼關係，是民間傳說將他們拉扯到一起了），是專門來保護玄奘的。這就是《西遊記》裏沙和尚的原型。

　　玄奘法師經過的本來是一片沙漠，沙和尚也是沙漠裏的神，為甚麼在《西遊記》裏變成了一條大河了呢？這還是和作者有關。《西遊記》的成型、加工，主要在漢族地區的東南沿海：南京、杭州、福建一帶。這一帶的人們，既沒有見過沙漠，也想像不出來流動的沙丘是個甚麼樣子。看見名字裏有個「河」字，就想當然地把它寫成一條大河了。

所以書中寫「衰草斜陽流曲浦，黃雲影日暗長堤」，「只是紅蓼花繁知景色，白蘋香細任依依」。這仍然是江南人對「沙河」的想像。茫茫沙漠裏，上哪兒找「曲浦」「長堤」「紅蓼」「白蘋」去？

然而作者大概對「沙河」是個甚麼東西，畢竟有點兒概念，覺得真把它寫成一條大河也不太妥當，於是又說流沙河旁邊有一塊石碑，上寫：

八百流沙界，三千弱水深。

鵝毛飄不起，蘆花定底沉。

也就是說，作者為了讓它更像一條河流，給流沙河又起了個名字——弱水。

「弱水」在歷史上也是有的，但不是一條具體的河流名。但凡是在古代叫「弱水」的河流，基本上都在我國西北。

為甚麼叫「弱水」呢？因為這種河流，一般水道很淺，或當地人民不習慣造船，只用皮筏子過河。中原人看見，以為是水「弱」，浮不起船來，所以叫「弱水」。《西遊記》乾脆說「鵝毛飄不起，蘆花定底沉」。

歷史上最著名的「弱水」，莫過於流經今天甘肅張掖的黑河。這條河從祁連山發源，流入內蒙古境內後，稱額濟納河，離「流沙」也不算遠。這條河我去過，非常壯觀。當地人認為，它就是流沙河的原型之一。沿河一帶還流傳着許多唐僧取經的傳說。《西遊記》的作者沒到過中國西部，乾脆把「流沙」「弱水」混為一談了。

西天路上，還有一座「火焰山」，這也是有實際地理根據的，然而也不止一個來源。

火焰山，早在宋代的取經故事《大唐三藏取經詩話》裏就出現了。但那個時候還不叫「火焰山」，而是叫「火類坳」，一個很奇怪的名字。而且，描寫也只有寥寥幾個字：「又忽遇一道野火連天，大生煙焰，行去不得。」

如果你到過新疆，會發現那裏有一種奇特的現象：煤田自燃，也就是煤田自己燒起來。新疆地下煤層，屬於侏羅紀含煤地層，埋藏淺，含硫量高，特別容易自燃。例如新疆鄯善縣煤田的自燃，已經燒了好幾百年。

這種現象，在中原地區是絕對見不到的。所以凡是聽說、到過的人，都覺得很新鮮。中原人士也管這種地方叫「火焰山」，例如明代陳誠寫有《火焰山》詩：

一片青煙一片紅，炎炎氣焰欲燒空。

春光未半渾如夏，誰道西方有祝融。

然而這種煤田，畢竟不是山。新疆另有一個著名的地方，也叫火焰山，在今天的吐魯番盆地之北，山體由赤紅色砂岩組成，遠望去熊熊如火，所以叫火焰山。這裏寸草不生，盛夏時陽光照射，地表溫度高達 70 攝氏度，氣流翻滾，襯着紅色山體，好似烈焰熊熊。《西遊記》的火焰山，大概是把煤田自燃、紅色大山等類似的原型混合到一起了。

寫取經之路，當然也要寫到異域風情。明代的《西遊記》作者也懂一些，比如唐僧在鎮海寺遇到的和尚：

頭戴左笄絨錦帽，一對銅圈墜耳根。身着頗羅毛線服，一雙白眼亮如銀。手中搖着撥郎鼓，口唸番經聽不真。三藏原來不認得，這是西方路上喇嘛僧。

那喇嘛和尚走出門來，看見三藏眉清目秀，額闊頂平，耳垂肩，手過膝，好似羅漢臨凡，十分俊雅。他走上前扯住，滿面笑唏唏的與他撚手撚腳，摸他鼻子，揪他耳朵，以示親近之意。（第八十回）

這段第一個有趣之處在於：它活脫脫寫出一個藏傳佛教的老僧形象。「左筓絨錦帽」，即藏傳佛教僧人所戴的帽子。也叫「左髻」「卓孜瑪」，俗稱「雞冠帽」，頂上有絨穗。「頗羅毛線服」，也是西藏人常穿的羊毛製品。「播郎鼓」，就是藏傳佛教的手鼓，又叫「嘎巴拉鼓」。而且「口唸番經」，藏語的佛經，唐僧當然聽不懂了。

這段第二個有趣之處在於：歷史上的玄奘法師，並沒有經過西藏。然而《西遊記》裏竟然有許多西藏風情的描寫，比如豬八戒是「烏斯藏國高老莊人氏」，這個「烏斯藏」，是明代對西藏地區的統稱。

又如師徒四人取經途中，路過一座高山。師徒對這高山討論了一番：

　　三藏揚鞭指道：「悟空，那座山也不知有多少高，可便似接着青天，透衝碧漢。」行者道：「古詩不云『只有天在上，更無山與齊』，但言山之極高，無可與他比並，豈有接天之理？」八戒道：「若不接天，如何把崑崙山號為『天柱』？」（第六十五回）

而在這高山旁邊，就是黃眉老佛盤踞的「小西天」。

明清時期，確實有個地方叫「小西天」，這就是「哲孟雄」，即今天的錫金邦，居民都是虔誠的佛教徒，當時人就稱之為「佛國」，認為不比「大西天」，即印度差。而離它不遠之處，就是世界最高峰珠穆朗瑪峰所在地。說珠峰是「天柱」，並不過譽。

而當時確實有一條道路，可以通過青藏高原進入哲孟雄，再進入印度。也就是說，如果有了解這條路的明代作者寫玄奘法師要去印度，理所當然地應當從長安出發，走直線穿過青藏高原就到了，而不必跑到新疆繞一個大圈子。

這也不稀奇，因為在明代以後，青藏高原與中原的交往日益密切，藏傳佛教在東南沿海地區迅速傳播；而通過青藏高原，翻越喜馬拉雅山去印度，也不再是一件難事，許多文人都留下了遊記。

《西遊記》裏，還寫了許多異域飲食，不過有趣的是，這些飲食仍然是東南沿海人民的習慣。我喜歡吃的新疆羊肉串、烤饢、印度咖喱雞塊，一個也沒有出現。

比如唐僧師徒都是僧人，自然要吃素，然而《西遊記》裏常吃的素菜，無非是下面這樣的：

那八戒那管好歹，放開肚子，只情吃起。也不管甚麼玉屑米飯、蒸餅、糖糕、蘑菇、香蕈、筍芽、木耳、黃花菜、石花菜、紫菜、蔓菁、芋頭、蘿蔔、山藥、黃精，一骨辣噇了個罄盡，喝了五七杯酒。（第五十四回）

最常見的，無非就是蘑菇、竹筍、木耳、豆腐、麵筋這幾樣。這些東西，都是東南沿海常吃的素菜。否則茫茫大漠，凜凜高原，上哪兒找這些玩意兒去？

而且，在已經接近雷音寺的滅法國：

那婦人越發歡喜，跑下去教：「莫宰，莫宰！取些木耳、閩筍、豆腐、麵筋，園裏拔些青菜，做粉湯，發麵蒸卷子，再煮白米飯，燒香茶。」（第八十四回）

除了常見的素菜之外，吃筍居然特意指定，要「閩筍」，閩筍是福建武夷山區的特產，然而是怎麼千里迢迢運到印度的，那就不是作者能回答的了！

《西遊記》宣揚的到底是甚麼思想？

　　初讀《西遊記》的人，非常容易產生一種印象：因為《西遊記》是講西天取經的，所以一定是宣揚佛教的。

　　這種說法對嗎？也對，也不對。

　　說它對，是因為「西遊故事」（請注意這個詞和《西遊記》的區別）的源頭，確實是唐代玄奘大師西行求法的經歷。這個故事在民間傳播開來，自然借助了佛教的力量。

　　在宋代的時候，流傳着一部名叫《大唐三藏取經詩話》的西遊故事。這部書就是宣揚佛法無邊的，裏面唐三藏的徒弟還不叫「孫悟空」，而是叫「猴行者」。他降妖幾乎不用自己的本領，只要用大梵天王（一位佛教大神）賜的法寶就行了。這種詩話，一般也是僧人在寺院給香客們講的。

　　然而到了元代，情況就發生了許多變化。隨着西遊故事越

來越吸引人，說書藝人也要講，戲班子也要演，也不限於寺院，而是在大街小巷隨意表演。這樣，本來宣揚佛教的西遊故事，不斷地加入了許多民間信仰的內容。

比如《西遊記》裏的玉帝，看上去是一位道教神，其實他天宮的四個門由四大天王把守，主管兵權的是托塔天王和哪吒太子——他們都是貨真價實的佛教人物！他們為甚麼要給玉帝打工呢？我們到任何正式的道教宮觀，都不會看到玉帝的身邊有這幾位的雕像。

我們在第一章講過，道教有三十多個天，而《西遊記》裏太上老君住的「離恨天兜率宮」，也在任何道教經典裏都查不到。這應該是元明時期民間戲曲編出來的。

還有，「如來佛祖」這個名字，你是不會在任何佛教經書裏查到的，這只是民間的俗稱。他本名叫喬達摩·悉達多，尊稱為「釋迦牟尼」，佛教一般稱他為「佛陀」「世尊」。「如來」雖然是佛的十號之一，但很少用它來專指釋迦牟尼。

《西遊記》裏經常說天竺國就是「極樂世界」，如來佛祖來降伏孫悟空的時候，還對他說：「我是西方極樂世界釋迦牟尼尊者，南無阿彌陀佛。」殊不知極樂世界是淨土宗信仰的最終歸宿，離我們這個世界極其遙遠。阿彌陀佛是極樂世界的主持

者，他和釋迦牟尼完全是兩回事！

而且，如來手下有「三千揭諦神」，還有「五方揭諦」，這也不是正宗的佛教神，而是宋代之後中國民間根據「揭諦」這句梵語獨創出來的。

所以，《西遊記》裏的佛教和道教，體現的並不是真正的佛教和道教，而是摻雜了大量民間信仰的內容。

然而，金、元之際，道教全真派達到了鼎盛時期（你如果看過金庸的《射鵰英雄傳》就會了解一些），明代的皇帝們也大多崇信道教。所以社會上的文人墨客，多數懂一些道教「金丹大道」的內容。於是《西遊記》裏，不可避免地摻雜了許多道教知識。

翻開《西遊記》，你會看到它的目錄，和別的古代小說都不一樣。

別的小說，如《三國演義》《水滸傳》《紅樓夢》，基本上看了目錄，就知道這一回說的甚麼。但《西遊記》不同，比如：

第一回　靈根育孕源流出，心性修持大道生

第二回　悟徹菩提真妙理，斷魔歸本合元神

第三十八回　嬰兒問母知邪正，金木參玄見假真

第八十二回　姹女求陽，元神護道

這都說的甚麼呀？

而且，《西遊記》裏，經常冒出來一些不好懂的東西，比如須菩提祖師教給孫悟空的口訣：

> 顯密圓通真妙訣，惜修性命無他說。都來總是精氣神，謹固牢藏休漏泄。休漏泄，體中藏，汝受吾傳道自昌。口訣記來多有益，屏除邪慾得清涼。得清涼，光皎潔，好向丹台賞明月。月藏玉兔日藏烏，自有龜蛇相盤結。相盤結，性命堅，卻能火裏種金蓮。攢簇五行顛倒用，功完隨作佛和仙。（第二回）

又比如，收了沙和尚之後，取經隊伍湊齊，作者在這裏寫了一首詩：

> 五行匹配合天真，認得從前舊主人。
> 煉己立基為妙用，辨明邪正見原因。

金來歸性還同類，木去求情共復淪。

二土全功成寂寞，調和水火沒纖塵。（第二十二回）

這又是些甚麼稀奇古怪的玩意兒？

答案是：這些都是道教全真派的修煉功法和修煉理論。例如須菩提祖師教給孫悟空的口訣，在一部清代的養生功法抄本裏，又寫作「丘長春祖師口訣」，而「丘長春」就是丘處機，「全真七子」之一，道教全真派掌教。

所以，《西遊記》裏有一個非常有趣的地方，這就是孫悟空和六耳獼猴打上西天的時候，正聽到如來佛祖講經——這也是全書中如來佛祖唯一一次講經。然而這位堂堂佛教教主，講了些甚麼呢？請看：

他兩個在那半空裏，扯扯拉拉，抓抓揪揪，且行且鬥，只嚷至大西天靈鷲仙山雷音寶剎之外。早見那四大菩薩、八大金剛、五百阿羅、三千揭諦、比丘尼、比丘僧、優婆塞、優婆夷諸大聖眾，都到七寶蓮台之下，各聽如來說法。那如來正講到這：

「不有中有，不無中無。不色中色，不空中空。非有

為有，非無為無。非色為色，非空為空。空即是空，色即是色。色無定色，色即是空。空無定空，空即是色。知空不空，知色不色。名為照了，始達妙音。」

概眾稽首皈依。流通誦讀之際，如來降天花普散繽紛⋯⋯（第五十八回）

有些朋友看到這裏，也就略過去了。反正就是講經唄。然而你仔細查對一下就會發現，這段根本不是佛經，而是道教經典《太上洞玄靈寶升玄消災護命妙經》！

面對「四大菩薩、八大金剛、五百阿羅、三千揭諦、比丘尼、比丘僧、優婆塞、優婆夷」這麼盛大的法會，佛教教主居然講起了道教經典？

難道是作者抄錯了嗎？當然不是！因為這段經極其有名。它又簡稱《護命經》或《消災護命經》，是從唐代就流傳極廣的道教經書，甚至大書法家柳公權都寫過。

這部經我們今天已經不熟悉了。然而你可以想像一下，如果在道教氣氛濃厚的明代，大家都對道教經典頗為熟悉，突然看到如來佛祖講出了這麼一段道教經典，一定會大笑一場的！

這應該是作者故意開的玩笑，或者體現了他把《西遊記》

的佛教氣氛朝道教方向扭轉的努力。

　　所以，有學者認為，在明代，很可能有一批全真道教徒，或者熟悉道教知識的文人，大幅修訂過《西遊記》。裏面的道教知識，就是這時候加進去的。

　　然而這些大量的道教知識，又產生了另外一種不好的影響，就是在明末以至清代，很多人都認為，《西遊記》就是宣揚道教修煉的。有些極端的人甚至認為，《西遊記》從頭到尾，每個情節、每句話、每個數字，甚至每個字，都不可錯過，裏面都大有深意。簡直把《西遊記》當作一部武功祕籍來看了。這種思路，在今天仍然很常見。有些人從這個角度出發，研究《西遊記》，甚至着了魔。

　　其實，只要明白《西遊記》的成書歷史，就可以知道，這部書的形成，經歷了幾百年的過程，經歷了無數人之手，也經歷了從佛教到道教知識摻入的變化。說某些段落、某些情節有道教修煉的意蘊是可以的，怎麼可能全書都有深意？

　　而且就算是「有深意」的地方，絕大多數都是抄的著名道士或道教學者的詩文，毋寧說烘托氣氛的意味更多。只要稍微了解一下道教歷史，就可以理解。一部通俗小說，不可能把微言大義藏得那麼深。《西遊記》的價值，首先還是因為它故事

好看，人物精彩，而毫無必要去費大力氣追尋「深意」。

　　《西遊記》裏，還有許多儒家思想。例如它的開頭，有一大段講「元會運世」的玄之又玄的內容，這既不是佛教知識，又不是道教知識，而是宋代大儒邵雍的一種宇宙觀。然而其中的大部分，卻是抄錄元代學者吳澄的一封信：《答田副使第三書》。

　　另外，《西遊記》裏屢屢出現「明心見性」「人有二心生禍災」的說教。孫悟空一片童心、追求自由的行為，也和明代大儒王陽明倡導的「心學」相似。所以也有學者認為，《西遊記》受了心學思潮的影響。

　　所以說，「《西遊記》主旨是講甚麼的」，這其實是一個沒有答案的問題。因為西遊故事從產生之初，就從佛教宣傳慢慢走向民間，又被道教利用，又吸收了一些儒家思想。等到形成這部曠世巨作《西遊記》的時候，已經吸飽了儒、釋、道等各個領域的精華。這些領域的思想有些是相異的，然而更多是殊途同歸的。《西遊記》恰恰選取了它們殊途同歸的那些內容，就如交響樂隊不同的樂器，卻能奏出和諧的樂章。這個道理，可以推及我國歷史上任何一部偉大著作，它們的色調一定不會是單一的；它們折射出來的，是中國傳統文化的七色光譜。

我們能從《西遊記》裏學到甚麼？

　　有一次上電視做訪談節目，一位很敬業的導演問我：

「你為甚麼喜歡研究《西遊記》呢？」

　　我的回答很簡單：「有趣。」

　　這個答案顯然不能讓他滿意，於是要我補充。

　　然而我搔搔頭，又加了一句：「好玩。」

　　於是他反覆問我：「難道真的沒有別的了麼？《西遊記》

對你的意義只是有趣好玩？」

　　我問道：「難道『有趣』這件事，竟不足以成為讀書最強

大的動力麼？」

　　《西遊記》出現之後，研究者們給它加上了千百種不同的

意義，然而，它的基調，只是好玩而已。

　　好玩不僅僅是情節好玩，裏面的人物，也是個個好玩的。

孫悟空做事，當然一定要「好玩」的。比如和妖怪打仗，本來是一件很殘酷的事情，膽小的人自然嚇破了膽；而膽大的人，大概也無非是憤怒、緊張、仇恨等心情。而孫悟空面對妖怪的態度是甚麼呢？

　　竟然是高興，竟然是覺得好玩，甚至躍躍欲試，就像小朋友在遊樂場的過山車、海盜船面前，忍不住嚷着要上去玩一樣。比如孫悟空打獅子精：

　　　　那魔聞言，戰兢兢捨着性命，舉刀就砍。猴王笑吟吟，使鐵棒前迎。（第七十五回）

　　一個是「戰兢兢」，一個是「笑吟吟」，誰生死相搏的時候還「笑吟吟」？然而這境界高下，一下子就分出來了。

　　這是孫悟空最常見的戰鬥狀態。

　　孫悟空降伏了豬八戒，高太公拿出一盤金銀作為謝禮。唐僧說：「我出家人，若受了一絲之賄，千劫難修。」

　　唐僧自然不要這筆錢，但他心裏想的，還是清規戒律。而孫悟空呢，同樣是不要，反倒從中拿了一些酬謝高才（高太公的僕人，豬八戒作怪時，他出去尋請降妖法師，遇到了孫悟空）：

行者近前，掄開手抓了一把，叫：「高才，昨日累你引我師父，今日招了一個徒弟，無物謝你，把這些碎金碎銀，權作帶領錢，拿了去買草鞋穿。以後但有妖精，多作成我幾個，還有謝你處哩。」（第十九回）

按孫悟空的意思，這筆錢是高才的「帶領錢」，相當於今天的「中介費」。沒有高才，孫悟空就玩不上這場降妖的遊戲了！

如果放在今天，這筆給高才的錢，大概相當於遊戲點卡充的值吧。

又比如在駝羅莊，當地村民盛情款待師徒四人，想讓他們幫忙捉妖怪：

行者道：「李施主，府上有何善意，賜我等盛齋？」那老者起身道：「才聞得你說會拿妖怪，我這裏卻有個妖怪，累你替我們拿拿，自有重謝。」行者就朝上唱個喏道：「承照顧了。」八戒道：「你看他惹禍！聽見說拿妖怪，就是他外公也不這般親熱，預先就唱個喏！」行者道：「賢弟，你不知。我唱個喏就是下了個定錢，他再不去請別人了。」（第六十七回）

孫悟空聽說讓他捉妖怪，就像見了親人一樣，恨不得馬上動手。拿妖這件事，明明是該李老漢付給孫悟空報酬才對，可孫悟空反倒向他施禮唱喏，還說這個禮是定錢，生怕他再去請別人！搞得打妖精就像遊戲裏打怪升級一樣。

孫悟空在不打妖怪的時候，也是到處能發現好玩的事情，甚至沒人和他玩，他就自己和自己玩。比如在平頂山，他把銀角大王裝進了葫蘆，銀角大王很快就化為膿血。孫悟空竟然從這裏面也找出了樂子。

> 他就按落雲頭，拿着葫蘆，心心念念，只是要救師父，又往蓮花洞口而來。那山上都是些窪踏不平之路，況他又是個圈盤腿，拐呀拐的走着，搖的那葫蘆裏渆渆索索，響聲不絕。你道他怎麼便有響聲？原來孫大聖是熬煉過的身體，急切化他不得。那怪雖也能騰雲駕霧，不過是些法術，大端是凡胎未脫，到於寶貝裏就化了。行者還不當他就化了，笑道：「我兒子啊，不知是撒尿耶，不知是漱口哩，這是老孫幹過的買賣。不等到七八日，化成稀汁，我也不揭蓋來看。忙怎的？有甚要緊？想着我出來的容易，就該千年不看才好！」他拿着葫蘆說着話，不覺的到了洞口，

把那葫蘆搖搖，一發響了。他道：「這個像發課的筒子響，倒好發課。等老孫發一課，看師父甚麼時才得出門。」你看他手裏不住的搖，口裏不住的唸道：「周易文王、孔子聖人、桃花女先生、鬼谷子先生。」

那洞裏小妖看見道：「大王，禍事了！行者孫把二大王爺爺裝在葫蘆裏發課哩！」（第三十五回）

「發課」，就是算卦先生用竹筒算命，竹筒裏面插了很多竹簽，搖起來嘩啦嘩啦的，和葫蘆裏液體的響動有點兒像。然而真正的算卦，是把竹筒搖一會兒，一根竹簽就會掉出來，通過看竹簽上的卦語判斷吉凶。用葫蘆哪兒能真的算卦？不過是猴子自己哄自己開心罷了！這和小朋友拿着玩具槍，嘴裏喊着「嘟嘟嘟」給子彈配音有甚麼區別？

孫悟空不但自己給自己配音，還拿妖怪當風箏放。在獅駝嶺，獅子精把他吞下肚去，他在獅子精肚子裏打拳踢腳，獅子精疼得不得不求他出來。於是，孫悟空便出來了：

又將身子變得小小的，往外爬，爬到咽喉之下，見妖精大張着方口，上下鋼牙，排如利刃，忽思量道：「不好！

不好！若從口裏出去扯這繩兒，他怕疼，往下一嚼，卻不咬斷了？我打他沒牙齒的所在出去。」好大聖，理着繩兒，從他那上齶子往前爬，爬到他鼻孔裏。那老魔鼻子發癢，「阿嚏」的一聲，打了個噴嚏，卻迸出行者。

　　行者見了風，把腰躬一躬，就長了有三丈長短，一隻手扯着繩兒，一隻手拿着鐵棒。那魔頭不知好歹，見他出來了，就舉鋼刀，劈臉來砍。這大聖一隻手使鐵棒相迎。只見那二怪使槍，三怪使戟，沒頭沒臉的亂上。大聖放鬆了繩，收了鐵棒，急縱身駕雲走了。原來怕那夥小妖圍繞，不好幹事。他卻跳出營外，去那空闊山頭上，落下雲，雙手把繩盡力一扯，老魔心裏才疼。他害疼，往上一掙，大聖復往下一扯。眾小妖遠遠看見，齊聲高叫道：「大王，莫惹他！讓他去罷！這猴兒不按時景，清明還未到，他卻那裏放風箏也！」（第七十六回）

我讀《西遊記》很早，四歲時候就開始讀了。第一次讀到這段，笑了整整一天。因為我小時候也喜歡拿根繩子，拴上各種各樣的東西甩着玩。

《西遊記》裏許多人都帶着笑點，不光是孫悟空，豬八戒

也是個大活寶。

比如銀角大王被孫悟空裝進葫蘆，金角大王聽到噩耗，放聲大哭。豬八戒卻趁機起哄：

> 豬八戒吊在樑上，聽得他一家子齊哭，忍不住叫道：「妖精，你且莫哭，等老豬講與你聽。先來的孫行者，次來的者行孫，後來的行者孫，返復三字，都是我師兄一人。他有七十二變化，騰那進來，盜了寶貝，裝了令弟。令弟已是死了，不必這等扛喪，快些兒刷淨鍋灶，辦些香蕈、蘑菇、茶芽、竹筍、豆腐、麵筋、木耳、蔬菜，請我師徒們下來，與你令弟唸卷受生經。」（第三十五回）

按說，甚麼人會蠢到火上澆油地跟着起哄呢？這裏之所以這樣說，只不過是豬八戒鬧中取樂而已。

孫悟空和豬八戒是一對歡喜冤家，西天路上不知鬥了多少嘴。只要他倆碰到一起，就像說相聲一般，歡樂無窮。

還是在蓮花洞，孫悟空變成了金角、銀角的母親，走到洞裏，準備搭救唐僧、八戒和沙僧。兩個妖怪不知真假，上前施禮：

他（孫悟空）到正廳中，南面坐下，兩個魔頭，雙膝跪倒，朝上叩頭，叫道：「母親，孩兒拜揖。」行者道：「我兒起來。」

　　卻說豬八戒吊在樑上，哈哈的笑了一聲。沙僧道：「二哥好啊！吊出笑來也！」八戒道：「兄弟，我笑中有故。」沙僧道：「甚故？」八戒道：「我們只怕是奶奶來了，就要蒸吃；原來不是奶奶，是舊話來了。」沙僧道：「甚麼舊話？」八戒笑道：「弼馬溫來了。」沙僧道：「你怎麼認得是他？」八戒道：「彎倒腰叫『我兒起來』，那後面就搠起猴尾巴子。我比你吊得高，所以看得明也。」沙僧道：「且不要言語，聽他說甚麼話。」八戒道：「正是，正是。」

　　那孫大聖坐在中間問道：「我兒，請我來有何事幹？」魔頭道：「母親啊，連日兒等少禮，不曾孝順得。今早愚兄弟拿得東土唐僧，不敢擅吃，請母親來獻獻生，好蒸與母親吃了延壽。」行者道：「我兒，唐僧的肉，我倒不吃，聽見有個豬八戒的耳朵甚好，可割將下來，整治整治，我下酒。」那八戒聽見慌了道：「遭瘟的！你來為割我耳朵的！我喊出來不好聽啊！」（第三十四回）

孫悟空割豬八戒的耳朵有甚麼用呢？無非是和他開個大玩笑。在這節骨眼上，居然還能開得出這種玩笑，也只有孫悟空才能做到。然而沒想到豬八戒事先看了出來，還嚷了出來。如此一來，就等於孫悟空從跟蹤小妖，到打死老狐狸的這一場大辛苦竟然是白忙活。這樣「任性」的寫法，大概也只有《西遊記》幹得出來！

　　然而更有趣的還是下面，孫悟空又來挑戰，被銀角大王用幌金繩捆入洞中，師兄弟兩個還在鬥嘴：

　　　那大聖在柱根下爬蹉，忽驚動八戒。那呆子吊在樑上，哈哈的笑道：「哥哥呵，耳朵吃不成了！」行者道：「呆子，可吊得自在麼？我如今就出去，管情救了你們。」八戒道：「不羞，不羞！本身難脫，還想救人，罷，罷，罷！師徒們都在一處死了，好到陰司裏問路！」行者道：「不要胡說！你看我出去。」八戒道：「我看你怎麼出去。」那大聖口裏與八戒說話，眼裏卻抹着那些妖怪。見他在裏邊吃酒，有幾個小妖拿盤拿盞，執壺醲酒，不住的兩頭亂跑，關防的略鬆了些兒。他見面前無人，就弄神通，順出棒來，吹口仙氣，叫：「變！」即變做一個純鋼的銼兒，扳

過那頸項的圈子，三五銼，銼做兩段；扳開銼口，脫將出來，拔了一根毫毛，叫變做一個假身，拴在那裏，真身卻幌一幌，變做個小妖，立在旁邊。八戒又在樑上喊道：「不好了！不好了！拴的是假貨，吊的是正身！」老魔停杯便問：「那豬八戒吆喝的是甚麼？」行者已變做小妖，上前道：「豬八戒擻道孫行者教變化走了罷，他不肯走，在那裏吆喝哩。」二魔道：「還說豬八戒老實，原來這等不老實，該打二十多嘴棍。」

這行者就去拿條棍來打，八戒道：「你打輕些兒，若重了些兒，我又喊起，我認得你。」行者道：「老孫變化，也只為你們，你怎麼倒走了風息？這一洞裏妖精，都認不得，怎的偏你認得？」八戒道：「你雖變了頭臉，還不曾變得屁股。那屁股上兩塊紅不是？我因此認得是你。」行者隨往後面，演到廚中，鍋底上摸了一把，將兩臀擦黑，行至前邊。八戒看見又笑道：「那個猴子去那裏混了這一會，弄做個黑屁股來了。」（第三十四回）

然而我想，難道蓮花洞裏的小妖是不穿衣服的，都是光着屁股跑來跑去麼？這種細節就不能深究了，就像孫悟空不顧大

敵當前，非要吃豬八戒的耳朵；豬八戒也不顧自己身陷魔窟，把孫悟空的身份喊出來一樣，都是不能深究的。這一段一段的故事，實在是有趣到「任性」了！

唐僧雖然是師父，平時絮絮叨叨，然而特定的時刻，也自有唐僧特色的幽默感。

比如在烏雞國，烏雞國王被妖精殺害，魂靈夜拜唐僧，留下一柄白玉圭作為證物。孫悟空要使太子見到此圭，以知道真相，就引太子來見唐僧。唐僧為了順理成章拿出白玉圭，謊稱自己是進寶的和尚，有許多寶物，於是先誇耀了一番自己的袈裟。唐僧出口成章，作了一首袈裟詩，這詩竟然是這樣的：

> 佛衣偏袒不須論，內隱真如脫世塵。
> 萬線千針成正果，九珠八寶合元神。
> 仙娥聖女恭修製，遺賜禪僧靜垢身。
> 見駕不迎猶自可，你的父冤未報枉為人！（第三十七回）

前面幾句，一本正經、引經據典，稱讚袈裟的妙處。誰知這都不是重點，最後突然從一派玄之又玄的話中冒出一句「你的父冤未報枉為人」，趕上滑稽節目「三句半」了！

這首詩的寫法，和蓮花洞孫悟空被豬八戒喊破的寫法是一模一樣的。都是先鋪陳一大套，讓讀者以為一定要成功了，最後出其不意地用一個無厘頭的結尾，把前面所有的努力都打破。讀者才知道，被開了一個大玩笑！

這種幽默的寫法，有一個名詞叫「逆挽」。可以先鋪墊鬧劇，以正劇收場；也可以先鋪墊正劇，以鬧劇收場。比如明代李開先《一笑散》記載了一首詠雪詩：

六出飄飄降九霄，街前街後盡瓊瑤。

有朝一日天晴了，使掃帚的使掃帚，使鍬的使鍬！

又如古代的一個笑話：

天降大雪，秀才吟道：「大雪紛紛落地。」一個官員聽了接道：「盡顯皇家瑞氣。」一個財主接道：「再下三年何妨。」一個乞丐聽了怒道：「放你娘的狗屁！」

甚至最不苟言笑的沙僧，也會說幾句俏皮話。比如在號山，紅孩兒作起一陣狂風，把唐僧攝去。孫悟空和豬八戒都急慌

慌地查問，沙僧卻說：「（師父）是個燈草做的，想被一風捲去也。」

所以，《西遊記》堪稱中國古代第一趣書，在諸多一本正經的經典中，忽然有這樣一本書，這種樂趣是無窮無盡的。

我們做很多事情，可能只是出於興趣，並不需要很崇高的理由。然而我們經常會給自己找個理由，甚至是很宏大的理由。這正是真心被掩蓋的第一步。

孫悟空從不給自己找理由。如果有，也只是「作耍」。例如在高老莊，高太公請他降伏豬八戒，對話是這樣的：

坐定，高老問道：「適間小價（對自己僕人的謙稱）說，二位長老是東土來的？」三藏道：「便是。貧僧奉朝命往西天拜佛求經，因過寶莊，特借一宿，明日早行。」高老道：「二位原是借宿的，怎麼說會拿怪？」行者道：「因是借宿，順便拿幾個妖怪兒耍耍的。動問府上有多少妖怪？」高老道：「天哪！還吃得有多少哩！只這一個妖怪女婿，已毂他磨慌了！」（第十八回）

捉妖怪只是「耍耍」，是玩，這算甚麼理由呢？

很多人無論講甚麼，都喜歡附上一大堆意義，這個是鞭撻醜惡的，那個是體現大無畏精神的……久而久之，我們被整型成了一個個「有意義」的人。

於是，我們「成熟」了。

於是，我們也就變得無趣了。

讀書本來是一件有趣的事，我從小喜歡看各種閒書，看得手舞足蹈。我爸爸經常問我：「今天看書又學到甚麼了？」我往往是一臉茫然，不知該怎麼回答。心裏想：「不就是看個書麼，還能學到甚麼？」

然而這樣東瞧西看地讀到今天，我已經把中國傳統文化中大部分經典翻了一個遍，總不能說我是一個沒學問的人。而且，我每天讀書的時間是非常多的，至今不覺得有任何辛苦。

當然，並不是所有的書都要像《西遊記》一樣搞笑才行。不同的書有不同的樂趣，有的神祕，有的燒腦，有的壯麗，有的細膩。因為人的情感是豐富多樣的，只要這本書能激起某一方面的情感，自然就會吸引人不停地讀下去。

很多家長不了解這一點，經常問孩子：「從這篇課文學到甚麼了？從那篇課文學到甚麼了？」還要寫讀後感、觀後感。好像必須有一個目的，要不然就不能算學習一樣。殊不知，孩

子在興趣的引領下，自然而然地就能喜歡上讀書。

讀書能增長知識，讀書能改變命運，然而首先，讀書是生活的一部分，如果搞得愁苦滿面的話，那還是不讀的好。

當然，很多書枯燥、艱澀，不是那麼容易讀的。但每當我捧起它們的時候，我總是想起孫悟空即使面對危險，也會「笑吟吟」地打妖怪的場景。

於是呢，我也「笑吟吟」地讀下去了。

《西遊記》的故事是如何誕生的？

　　下面我們來談談《西遊記》的成書問題。

　　在正式談論這個問題之前，我們先來看小朋友們的一個疑問。

　　很多小朋友讀《西遊記》的時候，總會有一個問題：那就是猴哥前後的本領太不一樣了：齊天大聖把十萬天兵打得稀里嘩啦，而取經的時候孫行者卻動不動就失敗，到處請神仙幫忙。孫悟空的本領前後差別為甚麼這麼大呢？

　　關於這個問題，我看過許多種解釋：

　　一、緊箍咒是一道封印，封住了孫悟空的能力。（準確地說，戴在孫悟空頭上的箍應該叫「緊箍兒」，緊箍咒只是一篇咒語，但這裏遵從普遍的習慣）

　　二、大鬧天宮時神仙們保留實力，沒有用最強法寶。但是

神仙的下屬下凡後，各種寶物都用了出來。

三、孫悟空五百年沒有練功了，別的妖怪早就超過他了。

看樣子都有道理，但是，這些說法哪一個最靠譜呢？

這要我們一個一個地分析。首先看第一個解釋，《西遊記》裏的緊箍咒，只是一個束住孫悟空頭的箍子，它有沒有限制法力的作用呢？原著沒有說。既然沒有說，那就說明，這個推測是沒有根據的。

第二個解釋，說神仙們保留了實力，沒有用最強法寶；然而也沒有看出神仙們不肯為玉帝出力的跡象。

第三個解釋，說孫悟空五百年沒有練功了，那麼原著裏有修煉時間越長，法力越高的通例嗎？好像也沒有。

那麼，應該怎麼解釋這個問題呢？

其實，和「為甚麼孫悟空會筋斗雲，卻不能背着唐僧飛到西天」的問題一樣，我的解釋也有兩個版本。

如果你要聽簡單的，那仍然是四個字：「劇情需要」。

因為你想，如果孫悟空一路打過去，一個對手都沒有，那仍然像開外掛、無敵模式一樣，那整部《西遊記》還有甚麼看頭？必須給他設置一些障礙，讓他吃一些苦頭。這種「失敗──尋找解決方法──成功──再失敗」的形式，正是一部

生動故事需要的模式。

按照現代的編劇模式來說，如果一個人開始的時候非常張揚，那麼之後就要給他安排一些挫折壓抑他；反之，如果開始的時候很黯淡，那就需要安排一些奇遇使他放光。這是抓住觀眾心理的寫法。

然而，即便如此，我們還是覺得孫悟空在取經路上的表現未免太窩囊了。很多敗仗，實在敗得沒有道理，不是用作者故意壓抑他能解釋的。這就涉及第二個版本的解釋：

《西遊記》雖然是世界名著，但仍然屬於明代的白話小說。這種小說，和今天的小說有一個很大的不同，那就是：

它是經過了幾百年的時間，慢慢形成的。不是一個作者一下子寫成的。

因為當時，主流的文人階層，還沒有產生專職寫作小說的作家。小說都是在民間一點點形成的。

看過〈西遊記裏誰最厲害〉那一篇的朋友，就會知道，《西遊記》這本書並不僅僅是明代才有，其實元代就有了，只是比今天的簡單一些而已。比如元代《西遊記》裏車遲國的故事，已經初步具備了今天的樣子。可以說，今天看到的車遲國故事，是在原來基礎上的小改動。這一點我們會在後文中提到。

那麼這就存在一個問題,《西遊記》裏的很多故事,都是在幾百年間慢慢加進去的。今天你加一個,明天我加一個,總之,只要好看,誰都可以往裏加。

這些加故事的人,或是說書藝人,或是底層文人,他們不僅散佈在全國各地,甚至有時連互相見面的可能都沒有,因為很可能前一個改編的已經死了,後一個才開始着手改編,他們互相是沒法商量的。

於是,《西遊記》就出現了一個嚴重的問題:好看是好看了,卻不是一個人創作的,於是,等串到一起就會發現:

哇,麻煩了!孫悟空武力前後不一致啊!

這個時候,再想前後修訂得一致,就難了,因為故事已經編在一起了。動一個地方,難保別的地方不出問題。

不信的話,你可以組織全班同學每人獨立寫一個英雄的故事,比如說,叫「哈利‧皮特」,互相不要商量,然後把這幾十個故事串起來,就會發現,肯定是讀不通的,因為沒有經過協調,裏面矛盾肯定太多了,現在俗稱 Bug。比如,裏面有個壞人「孵蛋魔」,在小明的故事裏已經死了,在小紅的故事裏卻又活了過來。也許在這個故事裏哈利‧皮特能用魔杖一指,把大山推倒,在另一個故事裏剛剛能舉起一塊大石頭。

不僅孫悟空本領前後的差別是這樣造成的，就連《西遊記》裏別的問題，大概也是這樣造成的。例如在烏雞國，明明文殊菩薩的青獅精下凡為妖，被收回去了，怎麼到了獅駝嶺，牠又跑出來，夥同白象、大鵬佔山為王呢？而且文殊菩薩對一頭獅子下凡兩次（抑或一連放走兩頭獅子），一句解釋也沒有？

　　最好的解釋是：這兩段故事，不是一個人編的，碰巧兩個人都用青獅精做了主角。串在一起的時候，想改也不好改了，反正也不是考試作文，乾脆就那樣放着吧！

　　還有一個問題，在元明時期，《西遊記》的一個重要功能，是說書先生說評書的底本，所以你會發現原著裏面有很多和情節無關的韻文，這正是說唱留下來的痕跡。說書其實還是個再創作的過程，說書先生也許隨口就加上一些東西，刪除一些東西，等他把這個本子留給徒弟，又和他剛拿到時不一樣了。

　　所以說，歷史上其實出現了許許多多個版本的《西遊記》，哪一個版本是最權威的呢？還真不好說。只能說，我們現在看到的，有一部由南京世德堂在 1593 年出版的百回本《西遊記》，內容最全，文筆最好，時間也比較早，所以我們公認這是一個最好的版本，今天大家一說《西遊記》，指的就是這個

版本。我在這本書中依據的也是這個版本，比它還早、還好的有沒有呢？也許有，只是今天還沒有看到。

而現代小說則不同，無論是金庸的武俠小說，還是各種網絡小說，都是一個人從頭到尾一個字一個字寫出來的。所有的故事都是他編的，他對這個故事，一定有一個總體的設定。一旦主角的能力違背了這個設定，他自己就會發現了。

即使他發現不了，讀者們也肯定會給他指出來，促使他修改。而且，等到出版的時候，編輯一定再從頭到尾看一遍，這樣基本上就不會有大的問題了。

那麼，《西遊記》到底把哪些故事捏合到了一起呢？當然有很多，比如剛才說的青獅精故事。但最重要的，是兩段大故事。

第一段，就是前七回齊天大聖反天兵、鬧天宮的故事。

第二段，就是後九十三回孫行者跟隨唐僧西天取經的故事。

你注意：我對這兩段主人公的稱呼是不同的，一個叫「齊天大聖」，一個叫「孫行者」。原因是：這兩段，原本並不是一部書的兩部分，而根根本本，就是兩個不同的故事！

也就是說，在西遊故事發展的雛形期，在中國民間（大概是宋元時期），分別流傳着兩個故事。

一個故事約流行於福建、廣東一帶，說的是一隻猿猴，自立名號叫「齊天大聖」（或者叫「通天大聖」，總之叫「某某大聖」），佔山為王，偷了玉帝的各種寶物，招來了天兵天將征剿，然而他本領很大，幾次三番把天兵打敗。費了好大的力氣，才把他降伏。這個故事，講到這裏，通常就結束了。齊天大聖後來怎麼樣了，是關起來了，還是逃掉了，說甚麼的都有，總之很模糊。

　　另一個故事，約流行於北方，說的是玄奘法師西天取經，有一隻猴子，自稱「猴行者」，前來引路，一路上保護玄奘，到了西天。猴行者怎麼有這麼大的本事，也沒人說得清楚。

　　也就是說，這兩個故事裏的猴子，根本不是同一隻！

　　可是大概在元代的時候，南北這兩套故事漸漸發生了融合。編故事的人一看，咦，巧了！這裏有隻猴，叫甚麼「齊天大聖」；那邊也有隻猴，叫甚麼「猴行者」，兩個故事都挺好看。而且，「齊天大聖」沒有明確的結局，「猴行者」也沒有明確的來歷。乾脆，兩隻猴的事跡捏成一隻猴吧，「猴行者」之前，就當作是「齊天大聖」，「齊天大聖」就當作是後來的猴行者，合起來，就叫「齊天大聖孫行者」好了！

　　這就形成了新的西遊故事，「齊天大聖」的光輝事跡，統

統成了「猴行者」參加工作之前的「前傳」。其實「齊天大聖」和「猴行者」本來誰也不認識誰!

這相當於說:白雪公主被王子救活後,回了王子的城堡,那麼,七個小矮人哪兒去了呢?格林兄弟沒說清楚。

中國又有個「葫蘆兄弟」的故事,說一個老爺爺種了一顆葫蘆籽,結出七個葫蘆,每個葫蘆裏都有一個男孩子。這七個男孩子從哪兒來的呢?也不知道。

兩邊正好都是七個人!而且,一個結尾模糊,一個開頭模糊。於是,我們當然可以編故事啦:

七個小矮人留在了森林裏,非常想念白雪公主,於是動身參加白雪公主和王子的婚禮。路上正好遇到了也去婚禮現場的惡毒王后,王后向他們施了魔法,把他們裝進一個大葫蘆裏。王后怕他們跑出來,就把葫蘆砸碎、燒掉,誰知有一顆葫蘆籽漏了出來,掉在地上,王后沒看見。

後來一隻老鷹銜起了這顆葫蘆籽,飛呀飛呀,飛到遙遠的東方,落在了一個老爺爺的手裏。老爺爺種下了葫蘆籽,結了七個葫蘆娃,大戰蛇妖和蠍子精。因為他們是七個小矮人變的,就叫矮人葫蘆娃。

聽上去好像也不錯嘛！

然而如果把這個故事講給大家聽，就有問題啦！因為七個葫蘆娃都很厲害，有的會千里眼順風耳，有的會隱身。而七個小矮人好像沒甚麼特別的本領。如果說是後來才有的，這些本領又是從哪裏來的呢？如果說一開始就有，王后害白雪公主的時候，他們怎麼不使出來呢？

總之，只要是不同的故事捏合在一起，就會出現這樣的問題。

剛才這兩個猴子的故事也是一樣，因為兩個故事目的不同，自然主人公本領的設定就不同。

第一個故事裏的齊天大聖，因為故事安排他要對抗天兵天將，所以通常把他說得本領很大。

第二個故事，通常在寺院、佛教徒口中傳播，是一個佛教故事。這樣的故事，一個很大的目的，是要體現「佛法無邊」，讓更多的人相信佛法。所以這個故事裏，但凡遇到困難，都是靠佛法化解。所以，猴行者雖然有些本領，但也不特別出色，遇到大困難就去請佛教的大神幫忙。倒不一定是他解決不了，而是這個故事的目的，本身就是要宣傳佛教大神多麼厲害的。

這兩個故事單獨講，本來也沒甚麼。但當兩個故事擰成一

個故事之後，齊天大聖做了猴行者的前身，人們就會發現：怎麼前面這個猴子這麼厲害，到後面不行了？

其實真的不是不行了，而是故事主角變化了，主角所處的環境也變化了。

這件事告訴我們，歷史是非常複雜的，有時候，並不是簡簡單單的「是」或「否」的問題。你看，在幾百年《西遊記》的形成過程中，是誰把兩個故事捏合在一起了呢？沒有特定的人，兩個故事是經過許多代講故事人的努力，慢慢結合的。所以，我們看待一件事，除了要看它當下怎麼樣，還要看它過去是怎麼樣，它的來龍去脈是甚麼；這樣，才能得出全面、正確的結論。

怎樣才能獲得超能力？

《西遊記》最令人着迷的，莫過於裏面的超能力。

騰雲駕霧，變化隱身，呼風喚雨，乃至成仙成佛，這些都是超能力。我們說過，《西遊記》的設定是：獲得超凡入聖的神奇能力有兩個條件，條件之一，就是需要慈悲、博愛的胸懷。

唐僧只是一個凡人，但是他有這樣的胸懷，所以最終取經成功，自己也修成正果，成了佛。

然而《西遊記》裏還有一個人，通過另外一種方式獲得了超能力，這就是孫悟空。

孫悟空和唐僧，構成了《西遊記》的一體兩面，同時也是我們這個世界的一體兩面。

孫悟空是一隻天產石猴，一開始的時候，他並沒有甚麼慈悲博愛之心，他也不想甚麼拯救世界、拯救宇宙的大事情。然

而這並不妨礙我們喜歡他。他唯一想的事情，就是他自己的生命，這個在花果山時期就說得很清楚了。

他本來在花果山，無憂無慮地玩耍，然而他心中並不是完全滿足的。當他發現水簾洞時，就對群猴說：

> 「房內有石鍋石灶、石碗石盆、石桌石凳，中間一塊石碣上，鑱着『花果山福地，水簾洞洞天』。真個是我們安身之處。裏面且是寬闊，容得千百口老小。我們都進去住，也省得受老天之氣。」（第一回）

等到搬進水簾洞住了，過了三百來年快樂的時光，按說該滿足了，可他反倒傷心起來：

> 美猴王享樂天真，何期有三五百載。一日，與群猴喜宴之間，忽然憂惱，墮下淚來。眾猴慌忙羅拜道：「大王何為煩惱？」猴王道：「我雖在歡喜之時，卻有一點兒遠慮，故此煩惱。」眾猴又笑道：「大王好不知足！我等日日歡會，在仙山福地，古洞神洲，不伏麒麟轄，不伏鳳凰管，又不伏人王拘束，自由自在，乃無量之福，為何遠慮而

憂也？」猴王道：「今日雖不歸人王法律，不懼禽獸威服，將來年老血衰，暗中有閻王老子管着，一旦身亡，可不枉生世界之中，不得久注天人之內？」（第一回）

這幾句話，是《西遊記》的精神所在。中國人自古就很敬畏天道，認為生命、運勢、健康，都是老天安排好的。上天是賜予者，是無上的權威，很少有人想過，要去挑戰它一下。有些人對天地感恩戴德還來不及，而孫悟空居然認為是在受氣！

而孫悟空從幼年開始，就不願受老天之氣，不願服閻王之管，希望自己可以主宰自己的生命，這正是他追求自由的動力。這是他第一個特點，是他不同於群猴的地方。

這種強大的動力，推動着他離開了安樂窩，用木材紮了一個筏子，冒着生命危險，划向茫茫大海。

一個人，如果認識到生命是應該由自己主宰的，而不是由別人控制的，並願意為之努力，那麼他的一隻腳，就邁入了獲得超能力的門檻。道教有一句著名的話：「我命由我不由天。」

當然，《西遊記》的超能力，只是神話故事，正常的人世間沒有騰雲駕霧，沒有成仙成佛；然而，有些人寫出了優秀的作品，有些人做成了強大的企業，這些在人間，也可以視為一

種「超能力」，超越普通人的能力。

當然，追求自由，必然要冒極大的風險，這是必不可少的代價。譬如孫悟空渡海的時候，遇到風浪，那條小木筏一沉沒，就不會有未來的齊天大聖了。

然而，孫悟空乖乖待在花果山，哪兒也不去，就絕對安全麼？不是的，因為誰也想不到，幾年後花果山就遭到了混世魔王的侵略。假如一無所長的孫悟空被混世魔王打破洞府，痛加折磨，他恐怕會後悔當年沒有決然出海學藝吧！

這個世界，只有潛在的危險，沒有絕對的安全。很多中國人希望安全，不願冒險，然而這種安全是臆想出來的。安全的背後，是對當前束縛的妥協以及對未來危險的棄守。

與其被混世魔王欺侮，被無常惡鬼勾魂，被上天奴役，被地府宰割，不如甘冒風濤之險，放手一搏。

為了自由，為了擺脫束縛，願意拋棄一切以至生命，這是人性燦爛的光輝！

所以說，《西遊記》的偉大之處，在於它同時並行着兩種精神：一種是以唐僧為代表的，對人類苦難的慈悲憐憫；另一種是以孫悟空為代表的，對自己生命自由的追求。一個懂得追求自由的人，是可愛的。

如果說慈悲博愛是愛別人，那麼追求自由就是愛自己。因為自己，也屬於人類的一員。愛自己，並不是自私，而是對自己負責任。一個人，首先要學會對自己負責任，才會對別人負責任。這就是佛教所謂「自度度人，自覺覺他」。

　　一個懂得對自己負責任的人，是可愛的。

　　孫悟空的學藝，既是他自己的成功，也是整個花果山的成功。他學成歸來，發現混世魔王打破他的洞府，搶了他的小猴。他趕到混世魔王的洞府，打敗了魔王，救回了小猴，維護了花果山的安全。

　　然後，他又到龍宮取到兵器，闖入地府，強銷生死簿，不但把自己的名字劃掉了，還把所有猴類的名字全劃掉了，銷毀了猴類的全部數據，致使閻王想勾魂都找不到目標。

　　如果我們對談論猴類沒有感覺，可以試想：如果有一個人，把人類的名字全都從生死簿上劃掉，使我們人類再也不會面對死亡的恐懼，那麼這個人，是不是全人類的大英雄？

　　然而這種具有超能力的大英雄，首先追求的是自己生命的自由，成功之後，再利用自己的力量，造福其他人或者其他猴子。

　　孫悟空的第二個特點，是明白自己需要甚麼，咬定目標，

毫不放鬆。這點在須菩提祖師要傳他道法的時候，表現得最明顯：

　　祖師道：「我教你個『術』字門中之道如何？」……悟空道：「似這般可得長生麼？」祖師道：「不能，不能！」悟空道：「不學，不學！」

　　祖師又道：「教你『流』字門中之道如何？」……悟空道：「似這般可得長生麼？」祖師道：「若要長生，也似壁裏安柱。……有日大廈將頹，他必朽矣。」悟空道：「據此說，也不長久。不學，不學！」

　　祖師道：「教你『靜』字門中之道如何？」……悟空道：「這般也能長生麼？」祖師道：「也似窰頭土坯。……一朝大雨滂沱，他必濫矣。」悟空道：「也不長遠。不學，不學！」

　　祖師道：「教你『動』字門中之道如何？」……悟空道：「似這等也得長生麼？」祖師道：「此欲長生，亦如水中撈月。……雖然看見，只是無撈摸處，到底只成空耳。」悟空道：「也不學，不學！」（第二回）

須菩提祖師會的法術，當然是非常多非常多的。如果要學，恐怕一百年、一千年也學不完。然而，面對着這樣的誘惑，孫悟空卻一口咬定：只要能長生不老，就學，否則，再好再有趣，也堅決不學。

　　須菩提祖師有不少弟子，然而沒有一個達到孫悟空的能力，他們大概就是在這些選擇中迷失了。

　　明白自己需要甚麼，目標是甚麼，這是對自己負責任的另一條標準。這句話說起來很簡單，做起來卻很難。

　　很多人能夠面對明確的危險，卻對眾多的選擇不知所措，這仍然是一種不自由。當我們出發的時候，目標往往是很明確的，因為那時候接觸到的事情很少，面臨的選擇也不多，生活簡單，這時候很容易勇往直前。然而，隨着能力的增長，閱歷的豐富，岔路口越來越多，每一條岔路似乎都充滿了誘惑，這個時候，我們就容易被外界環境俘虜，成為諸多選擇的奴隸。

　　等到偏離了初衷很久之後，我們才會發現：現在所得到的，不是自己想要的，可再回到原路上去，已經太遲了。我們又受了一次老天的氣！

　　孫悟空的第三個特點是，不達目的，誓不罷休。

　　這個說起來似乎也很簡單，但是做到也不容易。他學藝途

中乘木筏渡過大海後：

> 搖搖擺擺，穿州過府，在市廛（chán，粵音同「前」）中學人禮，學人話。朝餐夜宿，一心裏訪問佛仙神聖之道，覓個長生不老之方。見世人都是為名為利之徒，更無一個為身命者。……
>
> ……
>
> 猴王參訪仙道，無緣得遇。在於南贍部洲，串長城，遊小縣，不覺八九年餘。忽行至西洋大海，他想着海外必有神仙，獨自個依前作筏，又飄過西海，直至西牛賀洲地界。（第一回）

如果比較一下就會發現，孫悟空在須菩提祖師處學藝的時間才七年，而探訪仙道，就花了八、九年，從南贍部洲到了西牛賀洲。前前後後用了十五、六年的時光。

這八、九年，看上去沒有任何用處，完完全全是浪費掉了，但是實際上不是，因為任何尋訪，都是一個試錯的過程。一條路走不通，剩下備選的路就少了一條。這樣試來試去，總會試到正確的道路上的。

但是在成功之前，無休無止的試探，卻是最能消磨人的意志的，只要耐不住寂寞放棄了，那麼前面所有的試錯都會化為烏有。

　　所以，《西遊記》中描寫的超能力，也許並不存在。但現實生活中的超能力，卻是有辦法獲得的，孫悟空千百年來，被不同時代、不同地域的人喜愛，正因為他不僅僅有卓絕超凡的能力，而且他的所作所為，體現了所有人心底裏正在追求、或者不敢追求而極力想追求的東西！

為甚麼孫悟空會筋斗雲，
卻不能背着唐僧飛到西天？

在中小學做《西遊記》文化講座的時候，很多小朋友問我這樣一個問題：孫悟空會筋斗雲，一個筋斗就是十萬八千里，為甚麼不能把唐僧背在身上，翻一個筋斗不就到了西天了嗎？為甚麼還得千山萬水地走過去？他身上帶的金箍棒就一萬三千五百斤，多帶一個一百多斤的人，又有甚麼大不了？

這個問題很有意思，我回答這個問題的時候，通常會說，有兩種解釋，一個簡單，一個複雜，你們想聽哪種？

通常都喜歡先聽簡單的，於是我告訴他們，第一種解釋最簡單，四個字：劇情需要！

因為你想，如果孫悟空把唐僧背在身上，「咻」地一下，就到了西天，那《西遊記》這本書也就不存在了。這就像遊戲開掛，一下子就通到了最後一關，那還有甚麼玩頭。

第二種解釋，其實書裏已經給出了，這就是在流沙河邊，師徒討論過河的辦法時：

　　　　行者急縱雲跳起去，正到直北下人家化了一缽素齋，回獻師父。師父見他來得甚快，便叫：「悟空，我們去化齋的人家，求問他一個過河之策，不強似與這怪爭持？」行者笑道：「這家子遠得很哩！相去有五七千里之路。他那裏得知水性？問他何益？」八戒道：「哥哥又來扯謊了。五七千里路，你怎麼這等去來得快？」行者道：「你那裏曉得，老孫的筋斗雲，一縱有十萬八千里。像這五七千路，只消把頭點上兩點，把腰躬上一躬，就是個往回，有何難哉！」八戒道：「哥啊，既是這般容易，你把師父背着，只消點點頭，躬躬腰，跳過去罷了，何必苦苦的與他廝戰？」行者道：「你不會駕雲？你把師父馱過去不是？」八戒道：「師父的骨肉凡胎，重似泰山，我這駕雲的，怎稱得起？須是你的筋斗方可。」行者道：「我的筋斗，好道也是駕雲，只是去的有遠近些兒。你是馱不動，我卻如何馱得動？自古道，遣泰山輕如芥子，攜凡夫難脫紅塵。像這潑魔毒怪，使攝法，弄風頭，卻是扯扯拉拉，就地而行，不能帶得空

中而去。像那樣法兒，老孫也會使會弄。還有那隱身法、縮地法，老孫件件皆知。但只是師父要窮歷異邦，不能脫超脫苦海，所以寸步難行也。我和你只做得個擁護，保得他身在命在，替不得這些苦惱，也取不得經來，就是有能先去見了佛，那佛也不肯把經善與你我。正叫做若將容易得，便作等閒看。」那呆子聞言，喏喏聽受。（第二十二回）

這段話很有意思，它提到了三個層次的內容。

第一，我們可以看出，孫悟空和豬八戒（包括此時尚未歸降的沙和尚）都會駕雲，如果想快速穿越路上的艱難險阻，也不是不行，只要「使攝法，弄風頭」，就能帶着唐僧飛起來。即便飛不高飛不遠，一段一段地來，也總能擺脫地面上妖魔鬼怪的糾纏。

事實上，這種法術對孫悟空來說最容易不過：在車遲國僧道大鬥法的時候，孫悟空就是變了一朵彩雲，托着唐僧上了高台。

即便是妖怪也善於搞這種花樣，號山的紅孩兒、荊棘嶺的樹精、無底洞的老鼠精……他們都善於使用「攝法」，颳起一陣狂風，把唐僧弄到指定的地方去。

除了駕雲，孫悟空還會縮地法，這個法術在號山遇見紅孩兒之前使用過一次。

> 好大聖，叫沙和尚前來：「攏着馬，慢慢走着，讓老孫解解手。」你看他讓唐僧先行幾步，卻唸個咒語，使個移山縮地之法，把金箍棒往後一指，他師徒過此峰頭，往前走了，卻把那怪物撇下，他再拽開步，趕上唐僧，一路奔山。只見那三藏又聽得那山背後叫聲「救人」！長老道：「徒弟呀，那有難的人，大沒緣法，不曾得遇着我們。我們走過他了，你聽他在山後叫哩。」(第四十回)

也就是說，只要使出「移山縮地」法來，一瞬間就可以越過一座大山，剛才在山後，瞬間就可以移到山前。這種縮地法，在很多道教或民間信仰的書籍裏都有記載，比如在一部名叫《萬法歸宗》的民間法術書裏，記載了這樣一條「縮地咒」：

> 一步百步，其地自縮。逢山山平，逢水水涸。逢樹樹折，逢火火滅。逢地地縮，吾奉三山九侯先生律令攝！

當然這只是一種民間小迷信，我唸過好多遍，一次也不靈！否則上班上學就都不用走路坐車了，唸一個「縮地咒」就到了。

總而言之，如果真想省事，以孫悟空這種絕世高手，是完全有辦法開掛，帶你騰空帶你飛的。

第二，這段話提到了一個概念：骨肉凡胎，重似泰山。搬泰山都很容易，唯獨是攜帶凡夫俗子駕雲最難。

這裏其實涉及了道教一個重要的概念：人是如何飛升的？

孫悟空跟隨須菩提祖師學藝的時候，師徒間有這麼一段對話：

> 忽一日，祖師與眾門人在三星洞前戲玩晚景。祖師道：「悟空，事成了未曾？」悟空道：「多蒙師父海恩，弟子功果完備，已能霞舉飛升也。」（第二回）

我們注意到，此前祖師並沒有教給孫悟空駕雲的本事，也就是說，「霞舉飛升」是孫悟空自己練出來的（雖然還處於「爬雲」的初級階段），這雖然也是一種法術，但更像一種「功果完備」的標誌。

因為「飛升」是凡人道教徒的終極夢想。在道教的世界裏，即使是普通人，也可以掌握一些法術，有的法術甚至還很厲害，例如「未卜先知」「長生變化」「呼風喚雨」等。但是飛升則不同，能夠飛升，證明自己終於修煉到了擺脫肉體凡胎的程度，獲得了「仙體」，徹底與凡人不是一個物種了。

　　有的一定要「白日飛升」，目的是讓更多的人看到，飛升的時候，「舉手謝世人」，向親朋好友揮手作別，慢慢升入天際。

　　有的一定要「拔宅飛升」，不但自己飛升，全家人都飛升，連同住宅和養的雞呀、狗呀，都能帶着一起飛到天上去，甚至在地上還能聽到雞鳴狗吠的聲音，所以有個成語「一人得道，雞犬升天」，講的就是這種事情。

　　還有喜歡人間生活，不願意飛升的，如一位叫黃山君的神仙：

　　　黃山君者修彭祖之術，年數百歲，猶有少容，亦治地仙，不取飛升。

　　這位黃山君擅長長生之術，活了幾百歲，還會美顏，始終保持着年輕時的容貌。他就甘願做一個地仙，不想飛升。按

說，他並不缺乏飛升的能力，可就是「不取」，不想要。

所以，飛升這件事，所有的神仙都看得很重要。作為骨肉凡胎的唐僧來講（《西遊記》裏佛教和道教的文化背景有很多混合之處，所以佛教徒的唐僧也適用道教的原則），是既不具備體質條件，也沒有資格享受的。這不是簡單的負重問題，而涉及飛升資質的問題。

所以孫悟空說「遣泰山輕如芥子，攜凡夫難脫紅塵」，這句話的意思，有點兒像今天的高速公路：你盡可以把幾百噸的貨物拉着到處跑，卻無法讓一個沒有駕照的人在高速上開車。

唐僧甚麼時候真正具備飛升資質了呢？是在上了靈山之後。靈山半山腰，有一條大河，過河的地方叫「凌雲渡」，只有一根獨木橋，無法過去。這時，接引佛祖撐來了一條小船，卻是沒有底的。唐僧起初還不敢上，被孫悟空一推，掉進船裏，然後：

> 那佛祖輕輕用力撐開，只見上溜頭決下一個死屍。長老見了大驚，行者笑道：「師父莫怕，那個原來是你。」八戒也道：「是你，是你！」沙僧拍着手也道：「是你，是你！」那撐船的打着號子也說：「那是你！可賀可賀！」

他們三人，也一齊聲相和。撐着船，不一時穩穩當當的過了凌雲仙渡。三藏才轉身，輕輕的跳上彼岸。（第九十八回）

　　這具死屍，就是唐僧的肉身。此時的唐僧，已經拋棄肉身，成了「仙體」，不再和凡人相同了。

　　所以當唐僧取到真經，回到東土大唐的時候，八大金剛才能作起香風，「唐僧等俱身輕體健，蕩蕩飄飄，隨着金剛，駕雲而起」，這時候，唐僧才獲得了駕雲飛升的資質。

　　第三，這段話還告訴我們一個重要的道理：所有的成功，都不能白白得來。

　　孫悟空說得很對：取經固然是終極目的，但唐僧需要在取經路上歷經磨難，師兄弟三人的任務，只是保證他的生命安全，不能替他減輕這些磨難。如果輕輕巧巧地飛到西天，佛祖也不肯傳授真經。

　　非但如此，即便是唐僧脫離了肉骨凡胎，也不是能隨意駕雲飛升的。

　　剛才說到八大金剛作起香風，讓唐僧師徒四人將真經送回東土。然而事情還沒有完，飛了一半，金剛忽然把師徒四人從

空中緊急迫降了下來。四人發現處在通天河的西岸。

　　八戒道：「只說凡人會作弊，原來這佛面前的金剛也會作弊。他奉佛旨，教送我們東回，怎麼到此半路上就丟下我們？如今豈不進退兩難！怎生過去！」沙僧道：「二哥休報怨。我的師父已得了道，前在凌雲渡已脫了凡胎，今番斷不落水。教師兄同你我都作起攝法，把師父駕過去也。」行者頻頻的暗笑道：「駕不去，駕不去！」

　　你看他怎麼就說個駕不去？若肯使出神通，說破飛升之奧妙，師徒們就一千個河也過去了；只因心裏明白，知道唐僧九九之數未完，還該有一難，故羈留於此。（第九十九回）

　　這是因為唐僧需要經歷八十一次磨難，才能真正功德圓滿。此前計算路上的磨難，只有八十次，少了一次。所以觀音菩薩一定要在回程路上安排一次磨難，使唐僧不能順順利利地回去。

　　這時，岸邊出現了一頭大白黿，答應把唐僧馱到東岸。此前唐僧西去的時候，也是這頭白黿馱着師徒渡過了通天河，當

時地囑咐唐僧問一下佛祖自己甚麼時候修煉成人身，結果唐僧把這件事忘了。

大白黿游到半路，問起這件事，唐僧無言以對。白黿大怒，把師徒連同經卷沉在了水裏。這就是唐僧經歷的最後一次磨難。這次磨難一過，才算真正地修成正果。

取到真經，當然是最終目的，固然重要；然而路上的經歷，卻在某種意義上，勝過這個目的。因為這是生命的體驗，是任何別人替代不來的。

然而有許多父母，不明白這個道理。

孩子爬山累了，父母就說：「我背着你，只要能到山頂就行。」

孩子不會寫作業，父母就說：「我替你寫，只要得的分數高就行。」

孩子要參加書畫比賽，父母就說：「我找個書法家朋友，幫你寫一張交上去，反正誰也不會找到咱家來問。」

孩子不會做家務，父母就說：「我替你做，只要你能考上好的學校就行。」

孩子長大了，要找工作，父母就說：「我幫你找，不管是花錢送禮，只要能去一個好公司就行。」

這些父母，確實利用自己的能力，幫助孩子輕而易舉地達到了目的，然而，孩子必須經歷的對生活、生命的體驗，卻被剝奪了。

　　他沒有氣喘吁吁，就輕易到達了山頂；沒有思考練習，就輕易取得了成績；沒有培養能力，就輕易獲得了穩定的工作。這樣的人生成功，來得太容易，所以也就太空虛。就像玩遊戲，每次都開外掛、調無敵，直接通關，遊戲的樂趣就消失了。

　　父母的任務，正像孫悟空一樣，只能負責給孩子提供安全保障，避免事故，吃飽穿暖，享受受教育的權利。至於孩子自己的問題，需要他自己去解決，在努力的過程中，孩子獲得了豐富的體驗，他成熟了，慢慢懂得了人生的真諦。

　　如果事事代勞，那就等於使神通，架着唐僧飛行。即使到了目的地，也不會取得真經。

　　由此可見，佛祖第一次傳給唐僧師徒的真經，是無字的白紙本子，其實大有深意，它大概是說：最深刻的真經，並不是寫在紙上的教條，它就在我們的生活體驗中。

　　上一章，我們反覆講這樣一件事：生命必須是自由的，選擇必須是自由的。這一章唐僧能不能飛行的話題又告訴我們：體驗也必須是自由的。因為作為一個獨立的人，愉悅的體驗固

然不容剝奪，苦難、困頓、迷惑的體驗，也不容任意剝奪。即便是父母對孩子，也不容任意剝奪。否則，看上去是為了孩子好，其實孩子成了父母的奴隸。他雖然不是環境的奴隸、強權的奴隸，卻成了關愛的奴隸！

一切奴隸都是可悲的。

自由、獨立，這是一部《西遊記》從不同角度反覆說明的最重要的問題。

毫毛變化的東西能隨意使用嗎？

　　孫悟空會七十二變，拔根毫毛就能變成小猴、蒼蠅等各種各樣好玩的東西。他自己也會變，搖身一變，就能變成蜜蜂、蜻蜓、桃子，甚至他熟悉的人物。

　　所以有的小朋友問我：「既然孫悟空會變，那麼為甚麼還要取經呢，拔毫毛變出幾部出來不就行了麼？」

　　這涉及《西遊記》中變化法術的邏輯，也是很多神話故事中變化法術的邏輯：

　　變化的東西，只能是外形和原物相似。而且，是不能持久的！

　　《西遊記》中，除了孫悟空，大多數妖精也會變。比如白骨精就是變化的高手。她變作一個少女，拎着米飯、麵筋，要送給唐僧吃。不想被孫悟空認出，舉棒就打。白骨精留下一具少女的假屍體，真身逃走了。而罐子裏的飯食也現了本相：

行者道：「師父莫怪，你且來看看這罐子裏是甚東西。」沙僧攙着長老，近前看時，那裏是甚香米飯，卻是一罐子拖尾巴的長蛆；也不是麵筋，卻是幾個青蛙、癩蝦蟆，滿地亂跳。（第二十七回）

　　也就是說，當白骨精逃走了，她用蛆變化的米飯，用青蛙、蛤蟆變化的炒麵筋，也隨着法力消失，現了原形。

　　白骨精最厲害的法術，是「解屍法」。不過這裏很多人受電視劇影響，有一點兒小誤解：在 1986 年版電視劇《西遊記》中，白骨精是殺害了一家三口，然後附着在他們的屍體上，出去迷惑唐僧。這樣，被孫悟空打倒後，真身逃走，留下的是一具真屍體。這樣唐僧就算反覆查驗，也查不出真相。

　　但在原著裏，每次寫她用「解屍法」，都強調她留下的是「假屍體」。雖然沒寫是甚麼變的，但肯定不是真的，想來也是像蛆變米飯、蛤蟆變麵筋那樣的方法。所以當她最後一次被孫悟空打死，她留下的老頭子的假屍體就立即消失了，現出她的原形，是一堆骷髏。

　　所以，用法力變化的東西，終究是一種幻術。無論有多像，總歸不是真的。情況稍有變化，就會露出本相。

孫悟空雖然會變的更多，但本質上也是一種幻術而已。比如他在平頂山，變了一個老道士，用毫毛變了一個大葫蘆，騙小妖說能裝天：

> 這行者將一個假葫蘆兒拋將上去。你想，這是一根毫毛變的，能有多重？被那山頂上風吹去，飄飄蕩蕩，足有半個時辰，方才落下。（第三十三回）

毫毛雖然能變出葫蘆的外形，卻變不出葫蘆的重量，所以只能迷惑對方一時。那兩個小妖，雖然作者給他們起的名字叫精細鬼、伶俐蟲，估計也是一種諷刺。否則稍微掂一掂，毫毛葫蘆就露餡了！

這種毫毛變化的葫蘆，有點兒像玩具店賣的仿真蛇。我小時候就有這東西，是用塑料做的。現在用矽膠做，越來越像了。我小時候經常把這種假蛇放到女同學的書包裏嚇唬她們。

而且孫悟空變化人形，也不是變了之後就萬事大吉，而是需要一定的法力維持的。一旦走神，或者不注意，就容易露出本相來。

比如下面這一段，在獅駝嶺，孫悟空變化成了小妖，進妖

洞打探消息。這段寫得特別有意思：

> 行者（對三個妖怪）道：「……他會變化，一時變了個蒼蠅兒，自門縫裏飛進，把我們都拿出去，卻怎生是好？」老魔道：「兄弟們仔細，我這洞裏，遞年家沒個蒼蠅。但是有蒼蠅進來，就是孫行者。」行者暗笑道：「就變個蒼蠅唬他一唬，好開門。」大聖閃在旁邊，伸手去腦後拔了一根毫毛，吹一口仙氣，叫：「變！」即變做一個金蒼蠅，飛去望老魔劈臉撞了一頭。那老怪慌了道：「兄弟，不停當！那話兒進門來了！」驚得那大小群妖，一個個丫鈀掃帚，都上前亂撲蒼蠅。
>
> 這大聖忍不住，欷欷（xī，粵音同「西」）的笑出聲來。乾淨他不宜笑，這一笑笑出原嘴臉來了，卻被那第三個老妖魔跳上前，一把扯住道：「哥哥，險些兒被他瞞了！」老魔道：「賢弟，誰瞞誰？」三怪道：「剛才這個回話的小妖，不是小鑽風，他就是孫行者。必定撞見小鑽風，不知是他怎麼打殺了，卻變化來哄我們哩。」行者慌了道：「他認得我了！」即把手摸摸，對老怪道：「我怎麼是孫行者？我是小鑽風，大王錯認了。」老魔笑道：「兄弟，他是

小鑽風。他一日三次在面前點卯，我認得他。」又問：「你有牌兒麼？」行者道：「有。」攄着衣服，就拿出牌子。老怪一發認實道：「兄弟，莫屈了他。」三怪道：「哥哥，你不曾看見他，他才子閃着身，笑了一聲，我見他就露出個雷公嘴來。見我扯住時，他又變作個這等模樣。」叫：「小的們，拿繩來！」眾頭目即取繩索。三怪把行者扳翻倒，四馬攢蹄捆住，揭起衣裳看時，足足是個弼馬溫。原來行者有七十二般變化，若是變飛禽、走獸、花木、器皿、昆蟲之類，卻就連身子滾去了；但變人物，卻只是頭臉變了，身子變不過來。果然一身黃毛，兩塊紅股，一條尾巴。（第七十五回）

這段寫變化的原理是很清楚的：

孫悟空變人形，只能變頭臉，身子不能變。

變成人形後，還需要花費精力維持，否則一不注意，就會露出本相。不過，如果重新用心維持，還能恢復原狀。

所以，我們只要把孫悟空的變化，理解為萬聖節戴面具就可以。面具戴上了也得時刻注意，不能讓它繩子一鬆掉下來。然而即使掉下來，如果不被人發現，也可以重新戴好。

《西遊記》第二個關於變化法術的邏輯是：沒見過的東西，不能變。

　　這在玉華州大戰眾獅子精那段故事裏，說得很清楚。

　　孫悟空、豬八戒、沙和尚的兵器被黃獅精偷走了。他們三個要混進妖洞搶回來。孫悟空提議變作黃獅精的小妖，然而豬八戒表示困難：

　　　他三人辭了師父，在城外大顯神通。八戒道：「哥哥，我未曾看見那刁鑽古怪，怎生變得他模樣？」行者道：「那怪被老孫使了定身法定住在那裏，只到明日此時方醒。我記得他的模樣，你站下，等我教你變。如此如彼，就是他的模樣了。」那呆子真個口裏唸着咒，行者吹口仙氣，霎時就變得與那刁鑽古怪一般無二，將一個粉牌兒帶在腰間。（第八十九回）

　　豬八戒沒見過小妖，不會變。孫悟空記住了小妖的模樣，才使八戒變化成功。那麼，按《西遊記》的邏輯，如果沒見過要變的人或物，法力再高，也是變不出來的！所以，《西遊記》管變化又叫「想像騰挪」，騰挪就是變化、調換。變化之前，

需要腦子裏把要變的東西想像出來。

不光是孫悟空，牛魔王也是如此。孫悟空騙來了鐵扇公主的芭蕉扇，牛魔王想辦法把它騙到手：

> 話表牛魔王趕上孫大聖，只見他肩膊上掮着那柄芭蕉扇，怡顏悅色而行。魔王大驚道：「獼猴原來把運用的方法兒也叮餂得來了。我若當面問他索取，他定然不與。倘若搧我一扇，要去十萬八千里遠，卻不遂了他意？我聞得唐僧在那大路上等候。他二徒弟豬精，三徒弟沙流精，我當年做妖怪時，也曾會他。且變作豬精的模樣，返騙他一場。料獼猴以得意為喜，必不詳細提防。」（第六十一回）

「也曾會他」，意思就是也曾和豬八戒、沙和尚會過面。如此，如果牛魔王沒見過豬八戒，當然就變不出他的樣子了。

這就解釋了孫悟空為甚麼不能變出真經來了：他根本沒見過真經，讓他怎麼變？即便變出來了，也是很容易失效的。

關於用法力變化的物品能不能用，民間流傳着一個呂洞賓的故事：

呂洞賓在成仙之前，漢鍾離要傳授他點金術，可以點石成金。呂洞賓並沒有特別興奮，而是立即問了一個問題：「現在變化出來的金子，會一直保持金子的形態嗎？」漢鍾離說：「不會的，五百年後，金子依然會變成石頭。」呂洞賓說：「那我不學了，我不能害五百年後的人。」漢鍾離見他如此誠懇，就度他成仙。

呂洞賓擔心害了五百年後的人，不肯撿這種現成便宜，真是一種誠實的態度。

然而，既然變化的東西不能拿來真的用，為甚麼《西遊記》又大寫特寫呢？

因為這件事太好玩了！《西遊記》裏寫變化，其實就是一種童話方式。七十二般變化，是完全符合小朋友的心態的。

小朋友喜歡模仿，他們喜歡玩的車船飛機模型、手辦、娃娃、恐龍、兵人、樂高城堡、玩具賽車……幾乎所有的模仿現實物品的兒童玩具，都可以看作是孫悟空吹毫毛變的東西。我見過一個小朋友玩兵人，他把他所有的兵人大大小小地擺了一屋子，少說也得有上百個，然後一本正經地指揮他們戰鬥。我想，他當時的心裏，和孫悟空拔根毫毛變一群小猴打妖怪，簡直是一樣的！

小朋友自己也喜歡模仿現實人物。男孩子喜歡扮成英雄，女孩子喜歡過家家，扮成媽媽，給娃娃餵飯。還有的孩子，喜歡模仿大人走路、說話的樣子。

　　我小時候，喜歡變形金剛，攢了很多紙盒子、紙箱子，然後做成合適的形狀，套在身上、腿上，連激光槍都拿硬紙捲出來；還喜歡扮哪吒，用兩個啤酒瓶子橫放在地上，當風火輪，然而永遠也踩不穩，當然也沒法前進。

　　不過，自從平衡車出現之後，這個問題就解決了。如果說七十二變和這個相似的話，我勉強算會兩變。

　　孫悟空在平頂山蓮花洞，打死了金角、銀角兩妖的老母親，自己變成老怪的樣子，就純是一派小孩子模仿大人的樣子：

> 　　好大聖，下了轎子，抖抖衣服，把那四根毫毛收在身上。那把門的小妖，把空轎抬入門裏。他卻隨後徐行，那般嬌嬌韜韜，扭扭捏捏，就像那老怪的行動，徑自進去。又只見大小群妖，都來跪接，鼓樂簫韶，一派響亮；博山爐裏，靄靄香煙。他到正廳中，南面坐下。兩個魔頭，雙膝跪倒，朝上叩頭，叫道：「母親，孩兒拜揖。」行者道：「我兒起來。」（第三十四回）

裝這個，扮那個，是孫悟空的拿手好戲。他還在紅孩兒面前裝了一回牛魔王，看着紅孩兒口口聲聲喊他「父親」，心裏一定憋着惡作劇的壞笑。

　　孫悟空大戰二郎神，打到最後就是變來變去。最後孫悟空變了一座小廟，引誘二郎神上當：

　　　　那大聖趁着機會，滾下山崖，伏在那裏又變，變了一座土地廟兒，大張着口，似個廟門，牙齒變做門扇，舌頭變做菩薩，眼睛變做窗櫺。只有尾巴不好收拾，豎在後面，變作一根旗竿。真君趕到崖下，不見打倒的鴇鳥，只有一間小廟，急睜鳳眼，仔細看之，見旗竿立在後面，笑道：「是這猢猻了！他今又在那裏哄我。我也曾見廟宇，更不曾見一個旗竿豎在後面的。斷是這畜生弄喧！他若哄我進去，他便一口咬住。我怎肯進去？等我掣拳先搗窗櫺，後踢門扇！」大聖聽得，心驚道：「好狠！好狠！門扇是我牙齒，窗櫺是我眼睛。若打了牙，搗了眼，卻怎麼是好？」撲的一個虎跳，又冒在空中不見。（第六回）

按說，二郎神是這麼厲害的神仙，怎麼還怕孫悟空咬？孫悟空既然變物品，都能連身子一起變，怎麼又藏不住自己的尾巴？實在不行，把尾巴變成一棵樹不就行了？或者變成一條小路、一架搭在後牆上的梯子也行啊！這其實只是童話的寫法。把小廟的各樣零件對應身體的各部分，這真是再好玩不過了。

等二郎神識破了孫悟空的小廟，孫悟空居然跑到二郎神老家，變成二郎神的模樣，而且還裝模作樣地辦起公來：

卻說那大聖已至灌江口，搖身一變，變作二郎爺爺的模樣，按下雲頭，徑入廟裏。鬼判不能相認，一個個磕頭迎接。他坐中間，點查香火，見李虎拜還的三牲，張龍許下的保福，趙甲求子的文書，錢丙告病的良願。正看處，有人報：「又一個爺爺來了。」眾鬼判急急觀看，無不驚心。真君卻道：「有個甚麼齊天大聖，才來這裏否？」眾鬼判道：「不曾見甚麼大聖，只有一個爺爺在裏面查點哩。」真君撞進門，大聖見了，現出本相道：「郎君不消嚷，廟宇已姓孫了。」（第六回）

我小時候，也坐在我爸爸的辦公桌前面，裝模作樣地打電

話。孫悟空玩這一出，和打仗鬥法有甚麼關係？只不過是猴子的惡作劇罷了！

今天年輕人的 cosplay，裝扮成各種動漫人物的樣子，其實就是現實版的七十二變。年輕人富有童心，所以才喜歡，從來沒見過老頭兒老太太玩 cosplay 的。《西遊記》裏每一次變化，都可以說是一次 cosplay 吧。

為甚麼說孫悟空是童心和真心的象徵？

　　《西遊記》管孫悟空叫「心猿」，學藝的地方叫「靈台方寸山，斜月三星洞」，其實這是一個字謎。「靈台」「方寸」，在古代都指心，心亂就說「方寸大亂」。「斜月三星」，也是「心」字，斜月是「心」字的一鈎，三星是「心」字的三點。所以，《西遊記》講的是一顆心的故事。

　　心有很多種：良心、匠心、仁心、慧心、巧心……然而孫悟空給我展現的，是一顆「童心」和「真心」。因為童心，他像一個孩子一樣，幹了如此驚天動地的事情，其實動機只是出於「好玩」。因為真心，他喜歡誰、不滿誰，都明明白白地表現在外面，毫不遮遮掩掩。

　　孫悟空是猴精，有大鬧天宮的本事，但他絕不是一個壞妖怪。他的花果山鄰近傲來國，也從沒聽說他要去搶奪王位。他

學藝回來，在花果山組建了自己的武裝。據他自己說：

> 我等在此，恐作耍成真，或驚動人王，或有禽王、獸
> 王認此犯頭，說我們操兵造反，興師來相殺，汝等都是竹
> 竿木刀，如何對敵？（第三回）

雖然他後來成了大鬧天宮的第一號反賊，但他的初衷，對
「操兵造反」其實一點兒興趣都沒有，只是如何安安全全地
「作耍」，帶着一幫猴子猴孫玩鬧而已。

他被招上天宮，生活狀態是：

> 話表齊天大聖到底是個妖猴，更不知官銜品從，也不
> 較俸祿高低，但只注名便了。那齊天府下二司仙吏，早晚
> 伏侍，只知日食三餐，夜眠一榻，無事牽縈，自由自在。
> 閒時節會友遊宮，交朋結義。見三清稱個「老」字，逢四
> 帝道個「陛下」。與那九曜星、五方將、二十八宿、四大
> 天王、十二元辰、五方五老、普天星相、河漢群神，俱只
> 以弟兄相待，彼此稱呼。今日東遊，明日西蕩，雲去雲來，
> 行蹤不定。（第五回）

這其實還是「作耍」，只是「耍」到天上來了！他被封為齊天大聖後，就心滿意足了，既不懂得巴結上司，也不懂得升官發財，只是東遊西蕩，行蹤不定，把眼前所有的人，都當作他的好朋友。

孫悟空去赴蟠桃宴，路上遇見赤腳大仙，便假傳聖旨，將他騙走，自己好跑到宴席上偷吃東西。這更是十足的小孩子般的惡作劇了。孫悟空從瑤池出來，喝醉了亂走，撞進兜率宮，他並不是蓄意偷金丹的，還想拜見太上老君呢。誰知老君正忙，他跑到丹房才發現金丹，這才起意「嚐新」，把仙丹都偷吃了。

即使大鬧天宮的時候，孫悟空從丹爐裏逃出來，也只是亂打一氣。直到如來從西天趕來阻止，問他「你為甚麼要鬧天宮」這句話，孫悟空竟然回答不上來。所以他才忽然想幹點兒正經事了，於是說甚麼：

天地生成靈混仙，花果山中一老猿。水簾洞裏為家業，拜友尋師悟太玄。煉就長生多少法，學來變化廣無邊。因在凡間嫌地窄，立心端要住瑤天。靈霄寶殿非他久，歷代人王有分傳。強者為尊該讓我，英雄只此敢爭先。（第七回）

看樣子，他竟然是要幹一票大的，要取代玉帝，自己登基了！

然而，令我們驚奇的是：這件事我們怎麼從來不知道呢？你在花果山的時候，不是説從沒想過「操兵造反」嗎？即使做了齊天大聖，也從沒聽説要推翻玉帝呀？

況且，天下任何造反，總要有一個謀劃準備的過程吧。這些年你做了甚麼準備？有哪些鋪墊？天宮裏有哪些內應？埋伏下多少兵力？怎麼非得等到如來問你的時候，才忽然想起奪天宮，做玉帝了？

而且，造反要有理由的！比如暴政害民，比如貧富不均，所以歷史上的造反者，都要講一大套冠冕堂皇的理由，比如「等貴賤，均貧富」「無人不飽暖」甚麼的，就算日後做不到，這套面子活兒還是要做的，不管怎麼生拉硬扯，也得扯出點兒造反理由來！不然怎麼打動別人和你一起扯旗呢？

然而孫悟空的理由是甚麼呢？這段宣言一共才十二句，前六句卻在大肆誇耀自己的出身，這能叫理由麼？按説，最能説服人的，大概是屈才作了弼馬温這段慘痛經歷。這總該大肆渲染一番，以昭示玉帝昏庸，自己不得已才造反的吧。可是偏偏他把最重要的這段故意略過了！原因很簡單：不光彩。

所以，這恐怕是天下最可愛的造反宣言了！這和一個孩子

吵吵着要糖吃有甚麼本質的分別？

　　孫悟空的全無心機，還表現在他的社會交往上。天上的等級制度和地上官府一樣，是非常森嚴的，「九曜星」「二十八宿」「五方五老」「河漢群神」……在宗教的神仙譜系中，這些天神並不平等。五方五老的地位就比較高，河漢群神的地位就比較低，然而孫悟空心中全無這種觀念，「俱只以弟兄相待，彼此稱呼」。如果五方五老知道自己和一些普通神仙居然成了「弟兄」，自重身份的人會大不高興的。

　　即使孫悟空面對他比較尊重的觀世音菩薩，也毫無顧忌。比如他打死了強盜，唐僧嫌他行兇，把他趕走，他就跑到南海，在菩薩面前放聲大哭，委屈得像一個媽媽身邊的孩子。然而他不滿的時候，也敢說菩薩「該她一世無夫」，說她一輩子做老姑娘，嫁不出去。

　　就算是遇到如來佛祖，孫悟空的見面大禮包，就是在他手上撒了泡尿。後來在雷音寺，他竟然敢對如來說：「如來，若如此比論，你還是妖精的外甥哩。」這還是在獅駝城被打敗，實在走投無路，求如來幫忙的時候。這種話，也只有心中不存絲毫等級觀念的孫悟空才說得出來，若是旁人，在如來佛面前早就嚇得不敢喘氣了。

玉皇大帝是三界主宰，那種威嚴就不用說了。而孫悟空上天庭的時候，這一段故事是這樣的：

　　　　太白金星領着美猴王，到於靈霄殿外。不等宣詔，直至御前，朝上禮拜。悟空挺身在旁，且不朝禮，但側耳以聽金星啟奏。金星奏道：「臣領聖旨，已宣妖仙到了。」玉帝垂簾問曰：「那個是妖仙？」悟空卻才躬身答應道：「老孫便是。」仙卿們都大驚失色道：「這個野猴！怎麼不拜伏參見，輒敢這等答應道『老孫便是』！卻該死了，該死了！」玉帝傳旨道：「那孫悟空乃下界妖仙，初得人身，不知朝禮，且姑恕罪。」眾仙卿叫聲：「謝恩！」猴王卻才朝上唱個大喏。（第四回）

　　其實玉帝問「哪個是妖仙」，語氣裏已經帶着一點兒對孫悟空的不尊重了。孫悟空對他躬身行個禮，回答「老孫便是」，可以說是平等相見，沒有半分的不禮貌。可只是因為沒有按天庭規矩三拜九叩，眾仙卿就「大驚失色」起來，罵孫悟空作「野猴」。這些人維護起朝堂秩序來，比玉帝還急。

　　然而我們要問，這些仙卿，是不是真心認為三拜九叩是一

種人生樂趣呢？似乎沒見過幾個人喜歡這種行為藝術。然而如果不是的話，他們表現出一副正義凜然的急切樣子，那只有兩種可能：一是偽裝，表現自己非常注重維護領導的權威；二是恐懼，擔心玉帝大發脾氣，遷怒自己。

其實人與人之間本來就是平等的，誰也不比誰高，誰也不比誰低。所謂的身份、等級，只是走入社會之後為了協作方便，強行作的分別。但很多人不明白這個道理，一旦做了高官、師長，就高高在上起來；而地位卑下的人，也不由自主地去維護這種偽裝。他們習慣了這種偽裝之後，乍見到一顆真實的、未經污染的心靈，反倒會像天宮眾仙卿一樣，大驚失色，痛罵該死了。

這樣的人，真應該讓孫悟空來，撕掉他們的假面具。

孫悟空惹出的最大的禍，莫過於大鬧天宮。然而這件事上，孫悟空固然有責任，玉帝也有責任。

第一次玉帝派太白金星招安孫悟空，封他做弼馬溫，卻未曾說明品級大小。這其實非常不好，難怪孫悟空一怒反出御馬監。

如果說第一次還是無意中的溝通不暢，第二次就是存心欺騙了。

第二次招安，是托塔天王進攻花果山失敗後，太白金星和玉帝商議，怎麼息事寧人。太白金星給出的方案是：

> 「那妖猴只知出言，不知大小。……就教他做個齊天大聖。只是加他個空銜，有官無祿便了。」玉帝道：「怎麼喚做『有官無祿』？」金星道：「名是齊天大聖，只不與他事管，不與他俸祿，且養在天壤之間，收他的邪心，使不生狂妄，庶乾坤安靖，海宇得清寧也。」（第四回）

　　於是玉帝派太白金星下凡，招孫悟空上天。而太白金星見到孫悟空時，卻是這樣說的：

> 金星趨步向前，徑入洞內，面南立着道：「今告大聖，前者因大聖嫌惡官小，躲離御馬監，當有本監中大小官員奏了玉帝。玉帝傳旨道：『凡授官職，皆由卑而尊，為何嫌小？』即有李天王領哪吒下界取戰。不知大聖神通，故遭敗北，回天奏道：『大聖立一竿旗，要做齊天大聖。』眾武將還要支吾，是老漢力為大聖冒罪奏聞，免興師旅，請大王授籙。玉帝准奏，因此來請。」悟空笑道：「前番動

勞,今又蒙愛,多謝!多謝!但不知上天可有此齊天大聖之官銜也?」金星道:「老漢以此銜奏准,方敢領旨而來。如有不遂,只坐罪老漢便是。」

悟空大喜,懇留飲宴不肯,遂與金星縱着祥雲,到南天門外。那些天丁天將,都拱手相迎,徑入靈霄殿下。金星拜奏道:「臣奉詔宣弼馬溫孫悟空已到。」玉帝道:「那孫悟空過來。今宣你做個齊天大聖,官品極矣,但切不可胡為。」這猴亦止朝上唱個喏,道聲謝恩。(第四回)

太白金星滿口表功,好像把天庭討論這件事的前因後果原原本本告訴了孫悟空,然而,怎麼竟然不提「有官無祿」這個最重要的條件呢?

孫悟空喜滋滋地上天之後,玉帝也在靈霄殿當着眾神親口告訴他「官品極矣」,怎麼也不提「有官無祿」的事呢?

這明明是存心欺騙嘛!所以,孫悟空發現蟠桃會不請他,自然感覺上了當。

然而,你要說玉帝和太白金星多麼可惡,也談不上。因為他們的所作所為,既談不上正義,也談不上邪惡,他們要的是權謀。

權謀是一種降低成本、調和問題的手段,談不上好壞。封

孫悟空做個「有官無祿」的齊天大聖，免得動兵，算是成本最低調和矛盾的方式了。

然而權謀總不免有隱瞞，有欺騙。在社會上混慣了的人，熟悉了這個套路，早已認可這種模式，所有人心照不宣，自然也就相安無事。

然而孫悟空卻不一樣，他心地單純，想像不到世界上還有這種當面一套背後一套的事！你一而再再而三地騙他，他當然要鬧你！

就像有些家長編謊話騙孩子，也許目的是息事寧人；然而孩子知道真相之後，會變本加厲地大鬧的。

童心是可愛的，孩子也是最認真的。然而這種成人世界玩權謀的習慣，甚至傳染到中小學生中。

遇到好吃的要學會說：「我不要，要讓給大哥哥。」其實他想吃得很。

寫作文總要說：「媽媽總是帶病為我做飯。」其實他媽媽健康得很。

也許這樣說，會得到父母的誇獎，會得到不錯的成績。然而，除非是他真的想讓媽媽真的有病，否則，這就是謊言，為了獲得某種利益搞的權謀，樂趣和真心消失了，取而代之的是

套路和謊言。

還有的孩子，選上了班長等學生幹部，就真的以為自己高人一頭了，舉手投足都好像要凌駕於別的孩子之上。而有些性格卑弱的孩子，真的跑去依附，甘心跑前跑後，充當一個小奴僕。

《西遊記》歌頌孫悟空的真心，把它比作耀眼的光明、璀璨的珍珠：

> 圓陀陀，光灼灼，亙古常存人怎學？入火不能焚，入水何曾溺？光明一顆摩尼珠，劍戟刀槍傷不着。也能善，也能惡，眼前善惡憑他作。善時成佛與成仙，惡處披毛並帶角。無窮變化鬧天宮，雷將神兵不可捉。（第七回）

我們以謙卑隱忍、溫柔克己著稱的國人，能寫出各種文采飛揚的文字，用於歌頌、鞭撻、應酬各種場合，而這種直面真心的文字太少太少了，所以《西遊記》這個故事具有永恆的意義，代代流傳！

靠甚麼才能走完西天路？

西天路上，孫悟空一路降妖除怪，保護唐僧到了西天。很多人說：「呀，孫悟空真了不起，真有毅力。一般人肯定做不到。」

然而說孫悟空了不起，這我承認；說孫悟空有毅力，卻未必見得。

降伏了紅孩兒之後，師徒四人又走了很多日子，唐僧走得不耐煩起來，對孫悟空說：

三藏道：「徒弟呀，西天怎麼這等難行？我記得離了長安城，在路上春盡夏來，秋殘冬至，有四五個年頭，怎麼還不能得到？」（第三十六回）

顯然，唐僧是畏難了。如果你是孫悟空，師父問你這句話，你該怎麼回答呢？

如果是積極的回答，大概無非是：

> 「師父，不要怕，我們齊心協力，再苦再難，一定能走到靈山！」

或者是：

> 「師父，天將降大任於斯人也，必先苦其心志，勞其筋骨……」

總歸不過是鼓勵、打氣之類的話。

當然，也許是這樣：

> 「你問我，我問誰去？怕路遠別出來取經啊。」

表現出這種情緒，說明自己也嫌苦嫌累。這種情緒會傳染的，估計唐僧聽了這個，該氣得唸緊箍咒了！

我們且看看孫悟空是怎麼回答的。

行者聞言，呵呵笑道：「早哩！早哩！還不曾出大門哩！」八戒道：「哥哥不要扯謊。人間就有這般大門？」行者道：「兄弟，我們還在堂屋裏轉哩！」沙僧笑道：「師兄，少說大話嚇我，那裏就有這般大堂屋，卻也沒處買這般大過樑啊。」行者道：「兄弟，若依老孫看時，把這青天為屋瓦，日月作窗櫺，四山五嶽為樑柱，大地猶如一敞廳！」八戒聽說道：「罷了，罷了！我們只當轉些時回去罷。」行者道：「不必亂談，只管跟着老孫走路。」（第三十六回）

他並不鼓勵，並不勸說，只是說：「只管跟着老孫走路。」

把天地當作一間大房子，在這種胸懷之下，斤斤計較甚麼道路艱難，不是很狹隘的事情嗎？

誠然，堅毅是一種美德，然而還有比這種美德更超邁的精神在，這就是中國人的「曠達」精神。

中國的道家最具備這種精神，孫悟空這番話，和道家大宗師莊子的一段話很像。

莊子臨死的時候，眾學生打算厚葬老師。莊子說：「何必

費那個勁呢！我以天地為棺槨，以日月為陪葬的玉璧，以星辰為隨棺的珍珠，以世間萬物為出殯的器物，甚麼隆重的葬禮能比得過這個呢？」

學生們說：「我們怕烏鴉、老鷹吃您的遺體啊。」

莊子說：「嗨！你們把我扔到野外，被烏鴉老鷹吃了；埋在地下，不一樣被螞蟻吃了嗎？這不一回事麼！」

面對死亡，莊子都是這樣的曠達，幾千里的路程算甚麼呢。

曠達並不是阿 Q 精神，遇到困難，搞「精神勝利法」安慰自己，然後做縮頭烏龜。曠達是直截了當，把一切外在的艱難，一笑而過，不給自己找任何理由，直面要走的路。

快到通天河的時候，天色已晚，唐僧又擔心起住宿的地方來：

> 一日，天色已晚，唐僧勒馬道：「徒弟，今宵何處安身也？」（第四十七回）

如果是你的話，該如何回答師父這句話呢？

大概也無非是：

> 「不要緊，會找到住處的。」

「再走走，別急嘛。」

當然，也不乏「你問我，我問誰」地鬧情緒。

然而孫悟空的回答是：

> 行者道：「師父，出家人莫說那在家人的話。」三藏道：
> 「在家人怎麼？出家人怎麼？」行者道：「在家人，這時
> 候溫牀暖被，懷中抱子，腳後蹬妻，自自在在睡覺；我等
> 出家人，那裏能夠？便是要帶月披星，餐風宿水，有路且
> 行，無路方住。」（第四十七回）

這句「有路且行，無路方住」，和「只管跟着老孫走路」，
這種直截了當、直面問題的心境，是一脈相承的。

沒有住宿的地方，唯一的選擇只能是繼續走路，遇到宿處
再說。擔心這個，擔心那個，又有甚麼用呢？

孫悟空並不是百戰百勝，勝利的時候，固然樂觀；就是失
敗的時候，也是笑口常開。

青牛精偷了太上老君的金剛琢，能套萬物。孫悟空請來天
兵天將，法寶都被套去了。大家都垂頭喪氣，孫悟空卻在旁邊

笑,把哪吒惹惱了:

> 哪吒恨道:「這大聖甚不成人!我等折兵敗陣,十分煩惱,都只為你,你反喜笑何也?」行者道:「你說煩惱,終然我老孫不煩惱?我如今沒計奈何,哭不得,所以只得笑也。」(第五十一回)

敗了陣,無可奈何的時候,居然都笑得出來,這就叫:拿得起,放得下。

漢代有個人叫孟敏。有一天,他挑着瓦罐去打水,一不小心瓦罐掉在地上,摔碎了。孟敏頭也不回,仍然往前走。旁邊有人很奇怪,問他:「你的瓦罐碎了,你怎麼連瞧都不瞧一眼?」孟敏回答道:「既然已經碎了,瞧它又有甚麼用?」

如果孫悟空是經受不了挫折的人,相信會是這樣的:

> 太累了,我不想走了。
>
> 遇到妖怪好害怕,我要給媽媽打電話(然而孫悟空是石頭裏蹦出來的,沒有媽媽呀)。
>
> 今天好頹……喪……

其實，失敗一次，兩次，乃至無數次，只要已經過去，又有甚麼呢？

　　在號山火雲洞，孫悟空變成了紅孩兒的父親牛魔王，大模大樣地走進洞中，受他的禮拜，被發現後，好像惡作劇得逞一樣，哈哈大笑着跑了出來。

> 　　卻說那行者拿着鐵棒，呵呵大笑，自澗那邊而來。沙僧聽見，急出林迎着道：「哥啊，這半日方回，如何這等哂笑，想救出師父來也？」行者道：「兄弟雖不曾救得師父，老孫卻得個上風來了。」沙僧道：「甚麼上風？」行者道：「原來豬八戒被那怪假變觀音哄將回來，吊於皮袋之內。我欲設法救援，不期他着甚麼六健將去請老大王來吃師父肉。是老孫想着他老大王必是牛魔王，就變了他的模樣，充將進去，坐在中間。他叫父王，我就應他；他便叩頭，我就直受，着實快活！果然得了上風！」沙僧道：「哥啊，你便圖這般小便宜，恐師父性命難保。」行者道：「不須慮，等我去請菩薩來。」沙僧道：「你還腰疼哩。」行者道：「我不疼了。古人云，人逢喜事精神爽。你看着行李馬匹，等我去。」（第四十二回）

可是別忘了，就在剛才，孫悟空還被紅孩兒放出的三昧真火燒得死去活來，差一點兒丟了性命。虧得豬八戒會按摩手法，才把他救活。

失敗，尤其是重大失敗，會給人心中留下陰影的。要是平常人，這陰影興許三年五年也走不出來。俗話說：「一朝經蛇咬，十年怕井繩。」

我上小學時數學不好，直到現在，還經常夢到在考場上做數學卷子，鈴聲響起，還有好幾道大題沒做完，急得從夢中驚醒。

像孫悟空這樣，兩小時前還敗得一塌糊塗，轉眼間就精神抖擻、神氣活現，好像之前的那些失敗都不存在，真正少見！

關於做噩夢，孫悟空也有一個非常有意思的解釋。在烏雞國時，唐僧做了一個夢：

> 三藏道：「徒弟，我剛才伏在案上打盹，做了一個怪夢。」行者跳將起來道：「師父，夢從想中來。你未曾上山，先怕妖怪，又愁雷音路遠，不能得到，思念長安，不知何日回程，所以心多夢多。似老孫一點真心，專要西方見佛，更無一個夢兒到我。」（第三十七回）

日有所思，夜有所夢。平時的擔心、恐懼、悲傷，都會在夢中體現。然而，孫悟空一個夢都沒有，正說明他完全沒有這些情緒，「一點真心」，無牽無掛。正像古人說的：「至人無夢。」

　　事實上，「西方見佛」是唯一的目的，如果抱定了這個目的，除死方休，一切擔心、恐懼，除了給自己增加負擔外，又有甚麼意義呢？所以，有一個成語叫「世間本無事，庸人自擾之」。遇到問題，解決問題，僅此而已；牽掛、猶豫、害怕，就種下了失敗的種子。

　　我們面對重大考試，往往緊張得不得了，一直緊張到發考卷的那一刻，手發涼，腿發抖，臉發白，頭發汗，胃發痛，嘴唇哆嗦腳抽筋……

　　然而孫悟空面對重大戰鬥，卻不是緊張，而是興奮和投入。

　　在烏雞國，獅子精害死了國王，自己變成他的模樣，取而代之。孫悟空救活了被害的國王，讓他化了裝，跟進王宮，準備在朝見假國王的時候動手。

　　　那魔王即令傳宣。唐僧卻同入朝門裏面，那回生的國主隨行。正行，忍不住腮邊墮淚，心中暗道：「可憐！我

的銅斗兒江山，鐵圍的社稷，誰知被他陰佔了！」行者
道：「陛下切莫傷感，恐走漏消息。這棍子在我耳朵裏跳
哩，如今決要見功。管取打殺妖魔，掃蕩邪物。這江山不
久就還歸你也。」（第三十九回）

這段的神來之筆，是「這棍子在我耳朵裏跳」，孫悟空的
心，自然也跟着這根棍子跳起來，不是緊張地怦怦跳；而是渴
望大打一仗，興奮地怦怦跳。

「毅力」，當然是個好東西。無論遇到甚麼困難，一定要有
毅力，一定要挺住，咬緊牙關，不怕流汗，先苦後甜……

當然，這值得讚賞；然而，這並不是第一流的境界。因為
他們心中，還是會覺得「苦」。

我問你們：孫悟空有毅力嗎？

沒有！沒有毅力並不是因為軟弱，而是因為孫悟空做事並
不需要毅力做支撐。第一流的境界，要像孫悟空那樣，心中光
明快樂，絲毫沒有受苦的感覺。身上活力無窮，隨時準備投入
新的戰鬥。

這就是國人寶貴的精神：曠達、樂觀。擁有了它們，可以
平視一切艱難險阻。

孫悟空該不該大鬧天宮？

孫悟空在花果山越鬧越大，被玉帝召上天去，封了一個叫「弼馬温」的小官。

孫悟空原來不知道這個官是幹甚麼的，後來和同事一聊，發現連品級都沒有，認為受到了極大的侮辱，就打出御馬監，反下天庭去了。

他在花果山自立為齊天大聖，打敗了托塔天王和哪吒的征剿，又被招安上天。結果攪亂了蟠桃會，偷吃了太上老君的金丹，逃下天宮，下界為王去了。

玉帝又派十萬天兵征剿，幾經失敗，終於由二郎神擒獲了孫悟空，推入老君爐裏燒煉，不想又被他逃脫，在天宮大鬧了一場。玉帝派人請來了如來佛祖，才把他壓在五行山下。

現在涉及一個問題，如何評價孫悟空大鬧天宮？如果你是

孫悟空,這天宮是反還是不反,鬧還是不鬧?

幾十年前,很多學者對孫悟空大鬧天宮這件事到底該怎麼評價,費了很大的勁。那時候,一般都說,玉帝昏庸無道,孫悟空鬧天宮,是對反動統治的反抗。玉帝既然有問題,那麼鬧天宮當然是正義的了。

然而實在也看不出玉帝做了甚麼真正的壞事,除了封了孫悟空一個弼馬溫,讓他覺得大材小用了之外,別的也實在沒有甚麼劣跡。王母娘娘開蟠桃會,沒有請孫悟空,孫悟空覺得被輕視了,其實這也很正常。按照官爵制度,「齊天大聖」本來就是「有官無祿」的,有身份,但不發工資,沒有實權——也就是他本來就不在正式的名冊中。

然而現在出現了另一個極端:玉帝的政權如果是合法的,那麼孫悟空就是一個恐怖分子,使用暴力破壞天庭環境,差點兒讓天庭政權顛覆。孫悟空是暴力的象徵,我們不要學他。學他,就會在社會上滋生戾氣,動輒喊打喊殺。所以,大鬧天宮的故事是有毒害作用的,沒有甚麼積極意義。

然而這樣一來,又陷入了另外一個難以解釋的矛盾:為甚麼幾百年來,無論是精英還是草根,大家都如此喜歡孫悟空,喜歡大鬧天宮故事,使這個故事代代流傳,難道這些人腦子都

有問題不成？

　　如果《西遊記》是宣揚暴力的，那就甚麼都不用看了。乖乖地接受學校品德教育就可以了。

　　所以，上面這兩個看似截然相反的觀點，犯了兩個同樣的錯誤。

　　第一個錯誤，就是用單一的價值觀去讀書，說白了，就是一根筋，死心眼。

　　如果我們用死心眼、單一的價值觀去讀《西遊記》或其他名著，勢必會得出一些令人啼笑皆非、走進死胡同的結論。這兩個截然相反的觀點，都以為判斷文學名著人物的標準，只有正義和邪惡。一邊是正義，另一邊當然要打成邪惡。

　　其實，越是名著，越難找出單一的衡量標準。有一個年輕的學生追着我問：「老師，《西遊記》的中心思想是甚麼？」我說：「沒有。概括不出來。」他很受傷地說：「真的沒有嗎？我們小學語文不就學概括中心思想嗎？這麼大一部書怎麼就沒有？」我說：「它怎麼就必須有？《西遊記》是為你語文老師寫的？」

　　一部著作，如果價值觀是單一的，裏面的好壞善惡都是分得像漢堡一樣，麵包是麵包，肉是肉，那麼它就太單薄了。

而且，雖然漢堡的分層是清清楚楚的，但假如你在麥當勞或肯德基看到一個人在吃漢堡，先揭開一層麵包吃了，再拿起一層肉片吃了，再拿起一層生菜吃了……你就會想，這人是不是有毛病？

因為大多數人吃漢堡，包括吃包子、餃子、餡餅、薄餅，都是吃的不同食材混合起來的味道，這是不教而會的本能。

名著也是這樣，大多數名著，裏面的人物很少有光芒四射的完人，或是十惡不赦的惡魔，一定是好壞善惡混合在一起的。

《水滸傳》裏的武松、魯智深，是頂天立地的英雄，然而殺起人來一樣不眨眼。

《三國演義》裏的諸葛亮，聰明睿智，然而也對盟友實行欺騙。

《亂世佳人》裏的瑞德，極富男性魅力，然而也幹走私生意。

如果沒有了缺憾，這些人物反倒就不可愛了，因為，他們不真實！

另外，每一部作品裏都有它自己的價值觀設定。例如武俠小說裏，默認殺人是可以不經過法律的；神魔小說裏，默認神界秩序是可以挑戰的。不能用現代社會的價值觀評判文學作

品，如果用現代社會法律至上的原則，那麼非但孫悟空成了恐怖分子，水滸英雄全都是殺人犯，連郭靖、楊過、令狐沖這些大俠，都成了故意殺人的兇手了。

第二個錯誤，就是搞錯了文學名著的價值所在，沒有把文學名著和道德模範宣教讀本區分開來。後者是帶有很強宣傳目的性的讀物，所以通常要塑造完美無缺的人物形象，即便這個人有甚麼缺點，也是避而不談的——這是犧牲了部分真實性，來換取宣傳的效果。

然而文學名著為甚麼一定要「宣揚」甚麼呢？

作為文學名著，「刻畫真實的人性」是其最大的任務，而不是塑造一個全民道德模範——事實上，完美無瑕的人性是不存在的。文學名著並不天然具有社會宣教的義務，它只是如實地反映人性而已。

人生如果總是一帆風順的，就體現不出來人性的問題了。一個人展現出人性，恰恰是在面臨着兩難選擇的時候。

例如孫悟空，他本領高強，卻發現被封了一個不入流的小官，這時候，他就面臨着一個兩難選擇：幹，還是不幹。

一個身懷絕技的高手，初上天庭，被委任一個餵馬的卑微職務。如果他一切都忍了，任勞任怨，堅守本職工作，自然是

《大鬧天宮》

可敬的。

然而,如果他心高氣傲,覺得這是對自己的侮辱,推倒公案,打出御馬監,這同樣是可愛的。因為我們看到他活出了自己,他為我們展現了真實的內心。他的心靈,容不得半點兒壓抑。

兩種選擇,完全相反,但哪一種選擇更正確,更高尚,更值得我們學習呢?

答案是:哪種選擇都沒有錯!談不上哪個更好更正確。前者獲得了社會聲譽,但代價是自由受到了束縛。後者獲得了完全自由,代價是破壞了天庭的秩序,必須受到天庭法律的制裁和輿論的譴責。

所以孫悟空和天庭之間,存在着許多矛盾,比如:

個性和秩序。

放任和禮節。

慾望和克制。

自由意志和社會規範。

這一台台天平兩側,放着一對對矛盾。大鬧天宮,可以說是這些矛盾發生了激烈衝突。當然,我們要盡量讓矛盾雙方和諧,假如確實條件、能力有限,不能和諧的話,必須選一方、

捨一方，那麼選哪邊都不是問題，不能簡單地判斷對錯。

因為選擇一條路，意味着選不了另外的路，意味着可以獲得你想要的利益，也意味着必須承受代價。

代價，是任何人無法逃避的；然而，選擇甚麼，卻是我們行使個人意願、決定自己人生的時刻！

如果在選擇的這一刻，展現出自由的意志，而且，在以後的路上，無論發生甚麼都甘心領受，也許我們並不認可他的選擇，但這個人的人格，卻是鮮明的，可愛的，即便是受到了懲罰，甚至失去了生命，也值得我們讚歎、欣賞！

如果選擇的時候猶猶豫豫，承受代價的時候委委屈屈，那麼，這個人，就不是自己的主人，而是外物的奴隸。即便獲得了巨大的利益、良好的聲譽，他的人格仍然是卑微的、可憫的。

人生不是電視劇，我們既不是完人，也沒有任何逢凶化吉的主角光環，勢必會面臨各種各樣的兩難選擇：

面對竊賊，你可以選擇沉默，獲得了自身的安全，代價是財產損失，壞人囂張；也可以選擇反抗，獲得了正義的伸張，代價是冒了生命危險。

面對考學，父母和你的意見發生了分歧，你可以選擇順從，獲得了父母的滿意，代價是放棄了自己的夢想；也可以選擇堅

持，也許會激化家庭矛盾，但你獲得了心儀的未來。

…………

選擇甚麼，並不重要。你可以大鬧天宮，也可以隱忍服從，最關鍵的是：你內心深處，是否能真實地正視自己的選擇，並且有承受選擇後果的能力。

這個世界，如果時刻能提供給你正確的答案，那等於承認上帝的無處不在，還需要人類的努力做甚麼？我們可以在面臨兩難的時候，憑自己的意志作出選擇。這不是無奈，這是我們與生俱來的權利，這是身為人類的寶貴尊嚴的體現。

孫悟空大鬧天宮，以在五行山下被鎮壓五百年為代價，但他鬧出的就是這種獨立的尊嚴。

這就是大鬧天宮的意義所在。

為甚麼要給孫悟空戴緊箍咒？

孫悟空大鬧天宮之後，被如來佛祖在五行山下壓了整整五百年。好容易等到唐僧來了，把他放了出來，誰知道又被戴上一個緊箍咒。

這大概是許多小朋友都不喜歡看的一段故事，我小時候還被這件事氣哭過。

而且，要是師父本領高強也就罷了，唐僧明明是個甚麼都不會的凡人，憑甚麼嘛，他隨便一唸咒，就能讓神通廣大的大聖頭疼得要死！

孫悟空從五行山下被放出來後，主要做的事情，就是打死了六個攔路的強盜。唐僧嫌他任意殺生，對他說：「若是還像當時行兇，一味傷生，去不得西天，做不得和尚。忒惡！忒惡！」

孫悟空嫌唐僧絮叨,一生氣就駕雲跑了。

這次師徒分離,不像後來三打白骨精那次,是唐僧趕他走的。這次是孫悟空自己跑的。

然而孫悟空為甚麼又回到唐僧身邊了呢?

第一,他違約了。觀音菩薩去東土尋找取經人的時候,路過壓着孫悟空的五行山,和他作了一個約定。

這個約定,其實包括兩條內容:

不久會有一個唐僧到來,救你出去。但你要保護他到達西天。

只要你完成了任務,就能修成正果。

孫悟空聽了菩薩的話,原文是:「大聖聲聲道:『願去!願去!』」那就是他同意了這個約定。

唐僧來到五行山下,揭下了六字真言押帖,孫悟空被救了,可沒多久就跑了。這就是他違約在先。

就算沒人抓他回去,孫悟空也成了一個不守信用的人。這是秉性高傲的孫悟空絕對無法接受的。

第二,起到關鍵作用的,是東海龍王。

《西遊記》原文是這樣的,孫悟空離開了唐僧,想回花果山,路過東海,就到龍宮找老龍王喝茶:

茶畢，行者回頭一看，見後壁上掛着一幅「圯橋進履」的畫兒。行者道：「這是甚麼景致？」龍王道：「大聖在先，此事在後，故你不認得。這叫做圯橋三進履。」行者道：「怎的是三進履？」龍王道：「此仙乃是黃石公，此子乃是漢世張良。石公坐在圯橋上，忽然失履於橋下，遂喚張良取來。此子即忙取來，跪獻於前。如此三度，張良略無一毫倨傲怠慢之心，石公遂愛他勤謹，夜授天書，着他扶漢。後果然運籌帷幄之中，決勝千里之外。太平後，棄職歸山，從赤松子遊，悟成仙道。大聖，你若不保唐僧，不盡勤勞，不受教誨，到底是個妖仙，休想得成正果。」悟空聞言，沉吟半晌不語。龍王道：「大聖自當裁處，不可圖自在，誤了前程。」悟空道：「莫多話，老孫還去保他便了。」龍王欣喜道：「既如此，不敢久留，請大聖早發慈悲，莫要疏久了你師父。」（第十四回）

龍王打動孫悟空的核心的一句話，是「到底是個妖仙，休想得成正果」。孫悟空想起了觀音菩薩與他約定的第二條：保護唐僧到達西天，就可以修成正果。

不滿足是前進的動力。當孫悟空還是個普通猴子的時候，

他的目的是長生不老。

當他已經長生不老，卻發現，原來長生不老並不是正果，只是神仙的入場券。如果不成正果，在別人眼裏，他永遠是個「妖仙」。

「妖仙」，意味着不被神仙世界真正承認，意味着地位不正統，意味着沒有尊嚴。

尊嚴有兩個方面，一是來自個人生命的自由獨立，二是來自別人對自己的認同。一個人如果活得沒有尊嚴，那麼與禽獸又有甚麼區別呢？

從某種意義上說，尊嚴，就是人的生命本身。

孫悟空雖然大鬧天宮，打出了自由獨立的尊嚴，卻還沒有獲得別人的認同。

比如孫悟空推倒了鎮元大仙的人參果樹，去找福祿壽三星求援。三星說：

> 「你這猴兒，全不識人。那鎮元子乃地仙之祖，我等乃神仙之宗；你雖得了天仙，還是太乙散數，未入真流，你怎麼脫得他手？」（第二十六回）

這是很不客氣的，孫悟空聽到這些話，想必是非常刺痛的。他意識到，他的尊嚴缺了一半，是不完整的。所以，當龍王說他「到底是個妖仙，休想得成正果」時，才把他一把拉回。

　　當然，孫悟空可以掣出金箍棒：「不認同我？不給我尊嚴？哼！那我就打你！」

　　然而這叫以武力制人，做多了，人家仍然是口服心不服。獲得這樣虛假的尊嚴又有甚麼意思呢？

　　我們的社會不是弱肉強食的動物世界。在這個世界上，要想獲得別人的認可，是不能純靠暴力的！否則的話，班級裏最能打架的同學，該是最有尊嚴的！

　　況且，神仙世界還有如來佛祖這樣比他厲害的人在，金箍棒也不是戰無不勝。

　　孫悟空如果想完全地逍遙自在，倒也不是不可以。那就是：把自己永遠關在花果山不出來，永遠不要和外人接觸。甚至也不許花果山的那些小猴接觸外人，以免從外界帶來不利於自己的消息。在封閉的小圈子裏，永遠做自己的齊天大聖。甚至自封個「玉皇超級大帝」「王者榮耀大帝」都沒人管你。

　　然而，這種過家家式的尊嚴，豈不等於夜郎自大、自欺欺人？況且，孫悟空又有甚麼權力限制小猴們的自由？

靠打架、封閉換不來真正的尊嚴。

真正的尊嚴是完整的、沉甸甸的，要想獲得，只能做對社會、對別人有益的事情！在這上面，容不得半點兒偷懶耍滑。

孫悟空是最在乎尊嚴的，我們之前說過，他見了玉帝，都傲然不拜；他不肯偷襲敵人，都要面對面交鋒。這種不成正果，就被低看一等的感覺，他是絕不會接受的！

怎樣獲得真正的、完整的尊嚴？對於孫悟空來講，最順理成章的眼前機會，就是履行約定，保護唐僧，取回真經。

然而，保護唐僧，意味着要和唐僧合作，要和整個世界，包括神仙世界、人類世界、動物世界合作。既然是合作，就必須制定合約，雙方遵守合作的規則。

規則必須包括兩方面：遵守規則，會獲得獎賞；破壞規則，要受到懲罰。

唐僧是一個合作夥伴，幫助孫悟空成就另一半尊嚴。一旦把唐僧打死，規則破壞，唐僧固然到不了西天，孫悟空的另一半尊嚴也沒法實現了。

事實上，如果是沙和尚這種天生喜歡遵守規則的人，也就不用戴緊箍咒了。無奈孫悟空沒那麼好說話。他會一生氣拍拍屁股走人，也會欺負師弟，甚至急了還會打唐僧。唐僧又是個

凡人，和他力量不對等。

　　而合作的雙方，資質必須對等。孫悟空神通廣大，法力無邊；唐僧如果沒有相應的實力，怎麼和他合作？唐僧破壞了規則，趕走孫悟空，自有一堆妖怪等着吃他的肉；而孫悟空破壞了規則，沒有緊箍咒，還真的拿他沒辦法！

　　合作的天平傾斜了，於是，緊箍咒就出現了。緊箍咒代表着約束，代表着遊戲規則，代表着唐僧參與合作的資本。

　　在原著中，唐僧是騙孫悟空戴上緊箍咒的，這看起來似乎不夠光明。但是，孫悟空違約在先，唐僧捨此之外，也沒有更好的辦法，否則合作就無法進行下去了。騙孫悟空戴上緊箍咒，算得上是對他違約行為的一種懲罰。

　　在緊箍咒的束縛下，孫悟空上路了。一開始，他對緊箍咒一肚子抱怨。然而漸漸地，他在取經過程中，發現了自由自在、無憂無慮之外的另一種樂趣：

　　打──妖──怪！

　　打妖怪這件事，可比欺負龍王、欺負閻王有意思多了！

　　原來，快樂不僅僅可以是在花果山的無拘無束中，也可以是在和妖怪捨生忘死的戰鬥中！

　　而且，打了妖怪，有三個好處：

第一，可以讓師父取經順利，獲得師父的尊重。

第二，可以讓當地老百姓過上太平日子，獲得老百姓的尊重。

第三，可以獲得天上地下神仙的尊重，甚至獲得妖怪對手的尊重。

這種尊重，比起在花果山當齊天大聖來，全面得多，厚重得多。

比如孫悟空救出唐僧，唐僧對他說：

> 三藏謝之不盡道：「賢徒，虧了你也，虧了你也！這一去，早詣西方，徑回東土，奏唐王，你的功勞第一。」
>
> （第三十一回）

在比丘國，孫悟空救了一千多個孩子的性命，臨走的時候：

> 行者叫城裏人家認領小兒。當時傳播，俱來各認出籠中之兒，歡歡喜喜，跑出叫哥哥，叫肉兒，跳的跳，笑的笑，都叫：「扯住唐朝爺爺，到我家奉謝救兒之恩！」無大無小，若男若女，都不怕他相貌之醜，抬着豬八戒，

扛着沙和尚，頂着孫大聖，撮着唐三藏，牽着馬，挑着擔，一擁回城。那國王也不能禁止。這家也開宴，那家也設席。（第七十九回）

在鳳仙郡，孫悟空為當地求來了甘雨，解了旱情。不但當地人民感激萬分，就是師父和師弟也讚不絕口：

> 話說唐僧喜喜歡歡別了郡侯，在馬上向行者道：「賢徒，這一場善果，真勝似比丘國搭救兒童，皆爾之功也。」沙僧道：「比丘國只救得一千一百一十一個小兒，怎似這場大雨，滂沱浸潤，活彀者萬萬千千性命！弟子也暗自稱讚大師兄的法力通天，慈恩蓋地也。」（第八十八回）

不但如此，當孫悟空找到了尊嚴之後，神仙世界看他的眼光也不一樣了。

在車遲國，三個妖道虐待和尚，讓和尚給他們做苦工。太白金星給他們託夢說：不久有個孫大聖，會來拯救你們。

> 眾僧道：「我們夢中嘗見一個老者，自言太白金星，

常教誨我等，說那孫行者的模樣莫教錯認了。」行者道：「他和你怎麼說來？」眾僧道：「他說那大聖：

磕額金睛幌亮，圓頭毛臉無腮。呲牙尖嘴性情乖，貌比雷公古怪。慣使金箍鐵棒，曾將天闕攻開。如今皈正保僧來，專救人間災害。」

行者聞言，又嗔又喜，喜道：「替老孫傳名！」嗔道：「那老賊憊懶，把我的元身都說與這夥凡人。」（第四十四回）

「專救人間災害」，這是何等的評價，這是何等的榮耀！

如果不是孫悟空保護唐僧，一路斬妖除怪，能得到太白金星這樣高的讚許嗎？

而且，這時孫悟空並沒有以真身出現，所以不是和尚們當面奉承；太白金星給他們託夢，也從沒讓孫悟空知道。所以，這種讚許和尊嚴尤其可貴。孫悟空聽了，也不由得心中暗喜了！

孫悟空在全書中，一共到過三次地府。從地府對他的態度，就可以看出他尊嚴的變化。

孫悟空第一次進地府，是被勾了魂魄，一怒大鬧森羅寶殿，勾了生死簿，是作為一個破壞者出現的。「牛頭鬼東躲西

藏，馬面鬼南奔北跑」，十殿閻王也戰戰兢兢，恨不得馬上把這瘟神送走。

第二次，是他和六耳獼猴為辨真假，打入幽冥界。地府眾神態度雖然好了點兒，但仍然不冷不熱說：「大聖有何事，鬧我幽冥？」「那十殿陰君送出，謝了地藏，回上翠雲宮，着鬼使閉了幽冥關隘不題」。也是多一事不如少一事，早點兒送走早完事。

然而最後一次，是在與靈山近在咫尺的銅台府地靈縣，此時取經大業即將告成，孫悟空的美名也傳滿天下。這時，他去地府尋找寇洪員外的魂魄。你看作者寫他的筆墨，已經迥然不同。作者專門寫了一首詩歌頌道：

十代閻君拱手接，五方鬼判叩頭迎。千株劍樹皆敧側，萬疊刀山盡坦平。枉死城中魑魅化，奈河橋下鬼超生。正是那神光一照如天赦，黑暗陰司處處明！（第九十七回）

孫悟空幾乎是作為一位救世主的形象出現的，他自己雖然未必覺得，但在別人看來，真的是從天而降，光芒萬丈，陰間處處沐浴着他神聖的光輝！因為這個時候，他已經是名滿天下

的唐僧大徒弟，拯救人間苦難的大英雄。

前後三次，孫悟空的本領有多大變化？並沒有。只因他一路上掃蕩妖魔，獲得了天上地下眾神的尊重！

孫悟空的金箍棒，是他得心應手的兵器，在某種意義上，也就是孫悟空自己的象徵。

在早年，只是靠這條金箍棒鬧天宮、鬧地府，為自己爭取自由。然而，當取經路過獅駝嶺，他向青獅精宣佈這條棒子的作用時，除了「曾將此棍鬧天宮，威風打散蟠桃宴」等舊日戰績之外，還無比自豪地加了下面的內容：

> 大唐有個出家僧，對天發下洪誓願。枉死城中度鬼魂，靈山會上求經卷。西方一路有妖魔，行動甚是不方便。已知鐵棒世無雙，央我途中為侶伴。邪魔湯着赴幽冥，肉化紅塵骨化麪。處處妖精棒下亡，論萬成千無打算。（第七十五回）

這已經是取經道路的後半段，孫悟空終於為他那舉世無雙的鐵棒，在為自己爭取自由之外，找到了真正的尊嚴：為人間降妖除魔，蕩平災難；保唐僧西天取經，普度眾生。

這，才是真正的舉世無雙；這，才是真正的尊嚴。

最後，孫悟空為他的金箍棒喊出了一句震古爍今的宣言：

全憑此棍保唐僧，天下妖魔都打遍！（第七十五回）

在這裏，我們之前說的獲得超能力的兩種方式：對人類苦難的悲憫與對自由生命的追求，在孫悟空身上獲得了完美的結合！

這時候，他才是真正的齊天大聖，未來的鬥戰勝佛！

孫悟空打仗的時候
為甚麼不用定身法或隱身術?

孫悟空會許多神奇的法術,比如定身法,在大戰黃獅精那回提到過:

行者聽得要慶釘鈀會,心中暗喜;欲要打殺他,爭奈不管他事,況手中又無兵器。他即飛向前邊,現了本相,在路口上立定。那怪看看走到身邊,被他一口法唾噴將去,唸一聲「唵吽吒唎」,即使個定身法,把兩個狼頭精定住。眼睜睜,口也難開;直挺挺,雙腳站住。(第八十九回)

這個定身法甚至還給出了咒語「唵吽吒唎」。我小時候看完這一段,就對一個小夥伴說:「我會定身法了。」他不信,就說:「你定我看看。」我就對他唸了一句「唵吽吒唎」,朝他吐

了一口唾沫，呸！

結果當然是一點兒效果都沒有，於是我就被打了一頓。

隱身法也是孫悟空常用的法術，比如在五莊觀，孫悟空偷打人參果用的金擊子：

那大聖使一個隱身法，閃進道房看時，原來那兩個道童，吃了果子，上殿與唐僧說話，不在房裏。（第二十四回）

又如在祭賽國碧波潭，孫悟空用隱身法偷豬八戒的釘鈀：

行者復身爬上宮殿觀看，左首下有光彩森森，乃是八戒的釘鈀放光，使個隱身法，將鈀偷出。到牌樓下，叫聲：「八戒，接兵器！」（第六十三回）

這個隱身法，也是許多法師喜歡用的，甚至還有一條咒語：

唵！東方大金頂自在輪天丁力士木吒敕。唵！南方大金頂自在輪天丁力士火吒敕。唵！西方大金頂自在輪天

丁力士金吒救。唵！北方大金頂自在輪天丁力士水吒救。唵！中央大金頂自在輪天丁力士土吒救。

囉里吧唆的一大堆，據說唸了可以隱身。我也唸過，當然啦，甚麼效果都沒有，這也是一種民間小迷信而已。

有的小朋友問我：既然孫悟空這麼厲害，遇到妖怪，何必面對面地真打呢，使個隱身法鑽進洞府，趁妖怪睡覺的時候，出其不意地一棍子打死不就行了麼？既然都能在妖怪眼皮底下大搖大擺地偷走釘鈀，冷不防給他一棍，又是甚麼困難的事情？

或者見了妖怪就使一個定身法，把他定住，然後拿棍子打，豈不是更方便？

當然，我們不知道隱身法或定身法的威力究竟有多大。因為我們發現《西遊記》裏孫悟空定住的妖怪，都是法力低微的小妖、普通人類，或沒甚麼反抗能力的七仙女。對法力高強的妖怪，是不是沒那麼容易定住？

如果用隱身法，是不是對某些妖怪是無效的？他們是不是能看穿，就像《哈利‧波特》裏的「瘋眼漢」穆迪，用一隻魔眼就可以看穿哈利‧波特的隱身衣一樣。

但今天我們不討論這個問題，因為沒有任何正面或反面的證據。我想說的是：

即使孫悟空這些法術總是有效的，他也多半不樂意用來打妖怪。

其實孫悟空想弄死妖怪，有各種各樣的辦法，比如在隱霧山，孫悟空發現一隻豹子精，正在山前噴雲吐霧：

> 又見那左右手下有三四十個小妖擺列，他在那裏逼法的噴風噯霧。行者暗笑道：「我師父也有些兒先兆。他說不是天風，果然不是，卻是個妖精在這裏弄喧兒哩。若老孫使鐵棒往下就打，這叫做搗蒜打，打便打死了，只是壞了老孫的名頭。」那行者一生豪傑，再不曉得暗算計人。
>
> （第八十五回）

孫悟空心高氣傲，喜歡幹的，是面對面憑真本事搏鬥。從空中偷襲，孫悟空尚且不願幹，更何況是使隱身法、定身法打人？「一生豪傑，再不曉得暗算計人」，這是對孫悟空性格的定評。

而且，敵人越強，孫悟空就越不願憑陰謀詭計取勝。如果別人說他是個背後算計人的卑鄙小人，那是要了他的命也不肯

認的。比如在獅駝嶺，孫悟空使計策，被青獅精一口吞到了肚子裏。結果孫悟空在他肚中打拳踢腳，害得青獅精求生不得，求死不能。於是大鵬精就用激將法，想把孫悟空激出來。

> 三魔見老魔怪他，他又作個激將法，厲聲高叫道：「孫行者，聞你名如轟雷貫耳，說你在南天門外施威，靈霄殿下逞勢；如今在西天路上降妖縛怪，原來是個小輩的猴頭！」行者道：「我何為小輩？」三怪道：「『好漢千里客，萬里去傳名』，你出來，我與你賭鬥，才是好漢；怎麼在人肚裏做勾當！非小輩如何？」行者聞言，心中暗想道：「是，是，是，我若如今扯斷他腸，摁破他肝，弄殺這怪，有何難哉？但真是壞了我的名頭。也罷，也罷，你張口，我出來與你比併。但只是你這洞口窄逼，不好使家火，須往寬處去。」（第七十六回）

按理說，獅駝嶺三妖青獅、白象、大鵬，再加上手下數萬小妖，算得上取經路上最強的勢力了。在這樣的威脅之下，豈不是能偷襲就偷襲，能暗殺就暗殺，總要先搞死幾個再說。

然而孫悟空卻完全相反，明明對自己有利的局面，卻輕易

地就放棄了，而一定要和對方真刀真槍地一決雌雄。

於是，孫悟空第一次降伏了青獅精，第二次又打敗了白象精，卻都饒了他們，沒有傷他們的性命。三個妖怪趕緊畢恭畢敬，抬轎送唐僧過山：

> 那三藏肉眼凡胎，不知是計；孫大聖又是太乙金仙，忠正之性，只以為擒縱之功，降了妖怪，亦豈期他都有異謀，卻也不曾詳察，盡着師父之意。（第七十六回）

然而大鵬精將計就計，安排下調虎離山的計策，三個妖怪敵住師兄弟三個，眾小妖把唐僧捉到獅駝城裏去了。

然而這一場鬥爭，孫悟空雖然敗了，卻雖敗猶榮。

因為別看孫悟空聰明伶俐，足智多謀，心理卻並不陰暗。他和敵人打鬥，一定要光明正大，勝也勝得堂皇，輸也輸得服氣。

即使面對小妖，孫悟空也表現出了高度的自律。

比如在平頂山，兩個小妖拿着紫金葫蘆和玉淨瓶，要來裝孫悟空。孫悟空變了一個老道士，和小妖周旋。小妖不知是假，就把葫蘆、淨瓶給了孫悟空，讓他仔細看。孫悟空拿着寶

物，心理活動是這樣的：

> 行者見了，心中暗喜道：「好東西，好東西！我若把尾子一抉，颼的跳起走了，只當是送老孫。」忽又思道：「不好，不好！搶便搶去，只是壞了老孫的名頭。這叫做白日搶奪了。」（第三十三回）

然後他把葫蘆、淨瓶依然還給了小妖，自己用毫毛變了一個大葫蘆，又編了一大套「裝天」的故事，請哪吒太子把日月星辰遮掩了起來，才順理成章地把葫蘆、淨瓶騙到手。

即使是騙，他也得設一條巧妙的計策，騙得對方心服口服，乖乖把葫蘆、淨瓶雙手奉送，才心滿意足。趁人不備，抱起就逃，容易雖然容易，卻是「壞了名頭」，是他不願做的。

自然，孫悟空這種性格，給自己招來了不少麻煩。本來很容易解決的事情，明明有便捷的手段，卻不愛幹，搞得大費周折，甚至差點兒把自己或師父的性命搭進去。

然而他從取經開始直到結束，這個習慣一直不改，這就說明，這是他內心堅守的某些東西，寧可付出代價也不願改變的了。

這種心態，說來卻是很古老，又很現代。放在古代，這叫

「士」；放在今天，那就是「公平競爭」，英語叫「fair play」。

擁有這種心態的人，必然在意自己的尊嚴。

很多人，是實用主義者，他們信奉一個原則：但凡做甚麼事情，只要能達到目的，就可以不擇手段。

只要能在運動會上拿金牌，就可以使用興奮劑。

只要能在工程上中標，就可以請客送禮，賄賂官員。

只要能考上好的大學，就可以作弊。

甚至生活中，隨處都可以到處看到這種為達目的不擇手段的人：排隊插隊，託關係辦事，過馬路不等綠燈，地溝油，注水肉⋯⋯

甚至很多人教孩子，要成「大事」，就得「不擇手段」，甚至「心狠手辣」「無毒不丈夫」。在他們眼裏，只有成功和失敗，沒有其他的標準。

然而，我們看到，孫悟空絕不是一個不擇手段的人，他雖然也使用暴力，也行騙，但打要打得當面鑼對面鼓，騙也要騙得光明正大。這就是：有所為，有所不為。

中國自古以來，有一種高貴的俠義精神。這種俠義精神，正是有所為，也有所不為。

戰國時有這樣一個故事：

　　鄭國子濯孺子是個神箭手，有一次在戰場上發病，拉不開弓，被衞國庾公之斯追上。庾公之斯是子濯孺子的再傳弟子，問明情況後，就對子濯孺子說：「你今天沒法射箭，本來我殺你是輕而易舉。但我的箭法是從你那裏學來的，我不忍以你的箭法殺你。然而，今天是有君命在身，又不能違抗。」於是他拔出箭，在車輪上把箭頭敲掉，朝子濯孺子射了四箭，這才撥馬回去。

　　沒箭頭的箭當然射不死人，假如子濯孺子沒有發病，庾公之斯肯定會公公平平地和他對戰一場的。然而，乘人之危的事，庾公之斯是堅決不幹的。

　　《三國演義》「戰長沙」的故事，和這個故事差不多：

　　關羽帶兵攻打長沙，長沙守將黃忠武藝高強，前後和關羽大戰上百回合，不分勝負。關羽正要回轉身，用拖刀計殺黃忠。突然黃忠馬失前蹄，摔在地上。關羽說：「我且饒你性命，快換馬來廝殺！」

　　次日黃忠換了馬，又來出戰。二人戰了幾十回合，黃忠得便，射了關羽一箭，誰知道正射在關羽的盔纓上。關羽吃了一驚，不敢再戰，帶箭回寨，才知道黃忠有百步穿楊的本領，今天只射盔纓，正是報昨日不殺之恩。

關羽固然可以趁黃忠馬失前蹄的時候，一刀將他殺了。黃忠也可以趁關羽不防備，一箭將他射死。然而兩人竟然心照不宣，都沒有這樣做。

按理說，兩軍對陣，生死只在一瞬間，豈不是敵人越倒霉，自己越容易下手？然而這幾個故事裏的主人公，都選擇了放他一馬。因為他們心中，有比生死還重要的價值在。

那就是自尊自重。懂得自重的人，即便失敗，仍然可愛。反之，即便成功，仍然卑微。

孫悟空不是常勝將軍，也經常打敗仗，但我們仍然喜歡他，這就是因為，他在意尊嚴，非常自尊自重。

中世紀的騎士精神是這樣的：同情弱者，不打倒下去的人。在運動場上，例如在拳擊的時候，如果對方已經摔倒，再繼續進攻，就違背了 fair play 的原則。

英語裏有一句諺語：「Give the devil his due。」意思就是「即使是對魔鬼，也要給他應得的權利」。

法國啟蒙思想家伏爾泰有一句話也很著名，那就是「我堅決反對你的觀點，但我誓死捍衞你說話的權利」。

自尊自重，當然首先是尊重自己。然而我們總不會一輩子中一個人都不接觸，總會和別人發生各種各樣的關係：合作、

交換乃至鬥爭。所以，自尊自重，也體現為對別人的尊重。

合作、交換的時候，當然要尊重對方；即使是鬥爭的時候，也應該尊重對手。因為尊重對手，同時也就是尊重自己。這就像天平的兩端，對方是衡量自己的砝碼，把對方看輕，其實是輕視自己的重量。

一件商品的價值，只有進入市場，發生了交換才知道。同理，我們每個人的價值，也不是靠自己吹出來的，而是靠與別人的交際（包括合作和鬥爭）衡量出來的。

我和一家媒體平台簽下了一份合同，那麼這個媒體平台就是我的砝碼。通過他們給我的版稅，我衡量出我寫的文字的價值。我不敢輕視他們，隨意應付，否則等於輕視自己，自降身價。

孫悟空如果不大鬧天宮，不降妖除怪，誰也不會知道他的價值所在。天兵天將，妖魔鬼怪，其實是衡量孫悟空價值的砝碼。打敗了更厲害的神魔，孫悟空的價值就又高了一截。

所以，孫悟空特別重視這些砝碼，絕不肯暗殺偷襲，趁人不備，乘人之危，因為如果這樣做，等於把砝碼從自己這一方的天平托盤裏扔掉。

所以，尊重別人，尊重對手，等於尊重我們自己。

取經成功後，孫悟空為甚麼沒有回花果山？

很多朋友問我這樣一個問題：孫悟空成佛後，為甚麼不回花果山呢？花果山多快樂啊，是不是如來佛祖不讓他回去呢？

我的回答是：即便佛祖讓孫悟空回去，恐怕他也不想回去了，因為他的心態變化了。

最近看了一部美國的動畫電影《玩轉腦朋友》，裏面的小主人公韋莉，頭腦裏有五個小人：阿樂、阿愁、阿燥、阿憎、阿驚。還有一個小怪獸 Bing Bong，是韋莉假想出來的童年玩伴。

主管快樂的阿樂不小心被拋出了韋莉的頭腦控制中心，為了回到控制中心，她費盡周折。其中一個最大的危險，就是時刻會落進記憶的填埋場。一旦墜落，就再也回不去了。

阿樂遇見了 Bing Bong，Bing Bong 說韋莉很久沒有和

他玩了。其實，是因為韋莉長大了，不再需要 Bing Bong 的陪伴了。

阿樂和 Bing Bong 一起掉進了填埋場，無法出去。幸而有一輛火箭車可以坐，但只能載一個人。於是，Bing Bong 選擇了留在記憶的填埋場，被韋莉永遠地忘記了。

很多朋友在看到 Bing Bong 消失的那一瞬間，都哭了。

其實 Bing Bong 的消失，意味着韋莉真正長大了，然而童年的那種無憂無慮、單純透明的世界，卻再也回不去了。

花果山對於孫悟空來說，也是這樣的意義。

他在花果山度過了自己的童年，他的朋友是許許多多的小猴，孫悟空和他們一起玩耍。他們與其說是猴子猴孫，不如說是孫悟空的小夥伴。那些小猴，就是孫悟空的 Bing Bong。

花果山是一片樂土，在這裏，沒有金錢帶來的傲慢，沒有權勢帶來的欺壓，沒有陰謀詭計、鈎心鬥角。上到孫悟空，下到小猴，都平等相待，快快樂樂地玩耍。孫悟空號稱「美猴王」「齊天大聖」，無非是一群小孩子的頭頭而已。

發現水簾洞之前，眾猴看到一道水流洶湧，都道：「這股水不知是那裏的水。我們今日趕閒無事，順澗邊往上溜頭尋看源流，耍子去耶！」喊一聲，立即都「拖男挈女，呼弟呼兄，

一齊跑來」，這和小朋友們互相招呼着出去玩豈不一模一樣？

孫悟空發現了水簾洞，群猴「跳過橋頭，一個個搶盆奪碗，佔灶爭牀，搬過來，移過去，正是猴性頑劣，再無一個寧時」，就像小朋友在遊樂場玩鬧一樣。

孫悟空從海底帶來了金箍棒，所有的小猴都圍上來看新鮮。孫悟空也毫不推辭，把金箍棒捅到天上去，就像小朋友炫耀自己的玩具一樣。

孫悟空從傲來國偷來了兵器，群猴「都去搶刀奪劍，撾斧爭槍，扯弓扳弩，吆吆喝喝，耍了一日」，這和小朋友搶玩具、搶好吃的又有甚麼區別？

所以，孫悟空在花果山這裏，享受的是無憂無慮、透明得像水晶一樣的快樂。

然而，孫悟空鬧天宮，被壓到五指山之後，花果山這片樂園逐漸廢棄了，小猴們星流雲散。等孫悟空三打白骨精，被唐僧趕回花果山的時候，看到的景象是：「那山上花草俱無，煙霞盡絕；峰岩倒塌，林樹焦枯。」再也沒有舊日的樂園模樣了。

他當然想重拾回憶，保護自己的童年樂園。所以，許多獵戶上山來捉小猴，被孫悟空作起法術，飛沙走石，無情地打死了。

這大概是孫悟空殺人最多、下手最狠的一次，在西天路上也從沒見他這樣毫不留情。原因無他：花果山對他來說，太珍貴太珍貴了，他不容任何人前來侵犯，不容任何人欺侮他的小夥伴。

為了恢復當年的景觀，孫悟空還用法力把花果山修復一新：

> 他的人情又大，手段又高，便去四海龍王，借些甘霖仙水，把山洗青了。前栽榆柳，後種松楠，桃李棗梅，無所不備，逍遙自在，樂業安居不題。（第二十八回）

按說，孫悟空回到了樂土，應該繼續逍遙下去吧？

然而我們發現，雖然花果山又變成了原來的花果山，孫悟空卻再也不是原來的美猴王了。

因為他雖然待在花果山，心思卻已經不在這裏了。他和小夥伴玩耍時，想的卻是他的師父。他對前來請他回去的豬八戒說：「老孫身回水簾洞，心逐取經僧。那師父步步有難，處處該災，你趁早兒告訴我，免打！」這時他時刻想念的，不是花果山的快樂時光，而是取經的事業了。

他不再永遠地無憂無慮，開始有了擔心，有了牽掛，即使仍然身處和童年一模一樣的樂園裏，身邊仍然有當年的小夥伴，但這些已經吸引不了他了。

　　所以，當豬八戒說明了唐僧的困境之後，孫悟空毅然決然地放下花果山，放下小夥伴，回到了取經的隊伍裏。

　　然而這個時候，他還有幻想。他離開花果山的時候，小猴們拚命阻攔。孫悟空的反應是：

> 　　行者道：「小的們，你說那裏話！我保唐僧的這樁事，天上地下，都曉得孫悟空是唐僧的徒弟。他倒不是趕我回來，倒是教我來家看看，送我來家自在耍子。如今只因這件事，你們卻都要仔細看守家業，依時插柳栽松，毋得廢墜。待我還去保唐僧，取經回東土。功成之後，仍回來與你們共樂天真。」眾猴各各領命。（第三十一回）

　　孫悟空向小夥伴們許下一個諾言：取經之後，依舊回來，然而最後，他食言了。

　　他保護唐僧，取到了真經，順利成了「鬥戰勝佛」，然而，他回來了嗎？

《花果山》

並沒有！花果山的小猴徒然地等待着，孫悟空卻再也沒有出現。

　　我相信，當時孫悟空並沒有說謊，他想的恐怕真的是取經之後，一定回花果山，找他的小猴們；然而，他不知道的是，自己的心態已經一點一點改變了。

　　這就像我們中學或小學畢業後，相約十年後，或二十年後，依舊相見。然而，當我們又遇見童年的玩伴，又回到兒時遊戲的地方的時候，還能像小時候那樣玩耍嗎？

　　不，甚至只是沉默、客套，連互相說些甚麼都不知道。因為都長大了，各自有了各自的事業，心裏裝滿了各種各樣的事情，再也不能無憂無慮地像小時候一樣了。

　　其實，不用等到取經成功之後，取經路上的後半段，孫悟空就不再想回花果山了。

　　唐僧第二次趕他走，是在他打死了幾個攔路搶劫的強盜之後。孫悟空越想越委屈：

　　　卻說孫大聖惱惱悶悶，起在空中，欲待回花果山水簾洞，恐本洞小妖見笑，笑我出乎爾反乎爾，不是個大丈夫之器；欲待要投奔天宮，又恐天宮內不容久住；欲待要投

海島，卻又羞見那三島諸仙；欲待要奔龍宮，又不伏氣求
告龍王。真個是無依無倚，苦自忖思道：「罷，罷，罷！
我還去見我師父，還是正果。」（第五十七回）

這個時候，他心中的價值反轉了。他想起花果山的小夥
伴，並不是喜沖沖地回去見他們，卻怕他們笑話自己大功不
成，半途而廢。

於是，他竟然沒有回花果山，而是回去找唐僧認錯求情，
誰知唐僧還是不原諒他，他就跑到觀世音菩薩那裏訴苦去了。

這就像畢業之後的同學聚會，有些同學如果工作、生活不
順利，是不願意來的。

在他們的心目中，價值觀已反轉：當年的小夥伴，已經不
再能吸引他的興趣；擔心受到嘲笑，反倒成了時時刻刻擔心的
問題。

童年的世界，就這樣被成年人的世界取代了。

蘇格蘭作家詹姆斯‧巴利有一部《彼得‧潘》，寫的是一
個永遠長不大的神祕孩子彼得‧潘。他能教所有的孩子學會飛
翔，飛到一個永無島上，島上有小仙女，有美人魚，也有海盜
船長。孩子們在島上盡情冒險。但是回到家中之後，孩子們都

長成了大人，就再也飛不到永無島上去了。但彼得·潘永遠不
長大，永遠飛來飛去。

　　如果說每一個歐洲孩子心裏，都有一個彼得·潘，那麼，
每一個中國孩子心裏，就都有一個孫悟空和一座花果山。然
而，這些最終會在成長的過程中漸漸淡去。

　　誠然，孫悟空直到最後，仍然保持着他可愛的童心，沒有
任何改變。比如他成佛之後，還記掛着那個緊箍咒，就對唐
僧說：

　　　「師父，此時我已成佛，與你一般，莫成還戴金箍兒，
　　你還唸甚麼《緊箍兒咒》揣勒我？趁早兒唸個鬆箍兒咒，
　　脫下來，打得粉碎，切莫叫那甚麼菩薩再去捉弄他人。」
　　（第一百回）

　　然而花果山，孫悟空最珍貴的童年回憶，不可阻擋地漸漸
消失了。

　　就像《玩轉腦朋友》裏 Bing Bong 一樣。該消失的，總會
消失。該遺忘的，總該遺忘。

　　因為隨着人的成長，生活不會永遠單純，永遠透明，總會

擔當社會責任，總會進入成人世界，這是不可避免的。不可能一遇到困難，就縮回「花果山」去。

「花果山」雖好，卻不能保護我們一輩子。如你在《西遊記》所見，它是兒童的樂園，所以也是脆弱的，易被侵略的。

有些年輕人，已經二、三十歲，卻不願找工作，在家裏做「啃老族」，每天的事情就是打遊戲。電腦遊戲對他們來說，就是某種意義上的「花果山」。

還有些年輕人，並不真的想做科研，卻本科畢業後考研，考研後又考博……不停地讀下去。原因很簡單：他不願意進入社會，想一直待在學校這個相對透明、快樂的環境裏。校園對他們來說，也是一種「花果山」。

《玩轉腦朋友》裏韋莉的記憶球，在十二歲之前全都是美麗的金色，象徵着純粹的快樂。然而經過了一系列事件之後，她的記憶球變得複雜了，有快樂，有憂傷，也有憤怒和恐懼，五顏六色——那是另一種美麗，豐富多彩的美麗。

這個世界，沒有人承諾我們，給我們一座永遠的「花果山」，容我們在裏面自由嬉戲。假如這樣，那麼，我們仍然是不自由的。因為如果真的如此，「花果山」只不過是一座快樂的大牢籠罷了。我們雖然不是強權的奴隸、選擇的奴隸、環境

的奴隸……卻成了關愛的奴隸和快樂的奴隸！

《西遊記》是一部讓自由飛翔的書。人，生而自由，但是，即便是快樂、純潔、童真、無憂無慮……這些看上去無比美好的東西，我們也不應該被它們奴役！

童年的記憶終會消失，單純的心靈總會染色。「美猴王」和「齊天大聖」，終會在豐富的社會經驗中，成長為戰無不勝的「鬥戰勝佛」。這個境界，比起童真快樂的花果山來，另有一種光明偉岸的魅力。

如何評價唐僧？

有一個外國朋友問我：中國人都有哪些性格？

我的回答是：中國人的性格，是豐富多樣的。正如並不是所有的英國人都有紳士風度，所有的法國人都浪漫文藝。如果你想了解中國人的性格，不妨去看看四大名著。不過，《三國演義》《水滸傳》《紅樓夢》這三本書，人物太多，所以有些人物之間，不免相似。比如關勝和呼延灼、阮小二和阮小五、顏良和文醜，基本上都是在英雄好漢的基調上，做些變化而已。

而《西遊記》裏取經隊伍的四個人，卻有四種完全不同的性格，而這四個人的性格，恰好構成了中國人性格的四個非常典型的方面。

唐僧的設定雖然是高僧，卻有儒生氣質。

孫悟空自由不羈，類似道家人物。

豬八戒就是個大俗人，普通的中國老百姓。

沙和尚堅忍不拔，反倒有苦行僧的氣概。

這一儒、一道、一釋、一民，恰好構成了中國人的四個特徵，也是中國文化的四個特徵。

所以，我告訴那位外國朋友，如果你想了解中國人的性格，不妨去看看《西遊記》。

孫悟空，我們前面聊得很多了，今天只聊唐僧。為甚麼說唐僧雖然是和尚，卻像儒生？

首先他的外貌，就是一個風流才子。書裏不止一處說他「俊雅」，「粉郎」，甚至是「俊師父」。在女兒國，有一大段對唐僧外貌的描寫：

> 豐姿英偉，相貌軒昂。齒白如銀砌，脣紅口四方。頂平額闊天倉滿，目秀眉清地閣長。兩耳有輪真傑士，一身不俗是才郎。好個妙齡聰俊風流子，堪配西梁窈窕娘。（第五十四回）

這一段描寫，能看出寫的是一個和尚嗎？

這段文字，明明白白是照着才子佳人故事裏的才子寫的。

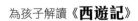
妙齡才郎、齒白屑紅，都是舊式才子的典型標配（按原著，唐僧已經 40 歲左右了），而說一個和尚是「風流子」，真不知真實的玄奘法師地下有知，會作何感想！

在西梁的女王、女妖眼裏，唐僧的腮是「香腮」，人是「妙人」；就是在碗子山波月洞的小妖看來，唐僧都是「嫩刮刮的一身肉，細嬌嬌的一張皮」。可見，風流俊雅，已經成了唐僧的招牌特徵。

不僅外貌像個風流才子，唐僧的言談舉止，也像一個風流才子。

唐僧會作詩，俗話說「言為心聲」，通過一個人的詩，能看出他的性格。然而他的詩，也完全看不出是個和尚寫的。比如在烏雞國寶林禪寺，唐僧看到明月，口占一首長詩，竟然是這樣的：

> 皓魄當空寶鏡懸，山河搖影十分全。
>
> 瓊樓玉宇清光滿，冰鑒銀盤爽氣旋。
>
> 萬里此時同皎潔，一年今夜最明鮮。
>
> 渾如霜餅離滄海，卻似冰輪掛碧天。
>
> 別館寒窗孤客悶，山村野店老翁眠。

乍臨漢苑驚秋鬢，才到秦樓促晚奩。

　　庾亮有詩傳晉史，袁宏不寐泛江船。

　　光浮杯面寒無力，清映庭中健有仙。

　　處處窗軒吟白雪，家家院宇弄冰弦。

　　今宵靜玩來山寺，何日相同返故園？（第三十六回）

　　通篇 140 個字，竟然全都是講景，講典故，像「庾亮吟詩」「袁宏不寐」，都是文學史上著名的故事。唐僧甚至還講到「秋鬢」「晚奩」這些閨中事物，完全是一派文人口氣。一個和尚，關注女人的「秋鬢」「晚奩」做甚麼？

　　只有最後一句「今宵靜玩來山寺」，算是沾了點兒佛教的邊，然而看這口氣，竟似乎是他偶爾來寺裏一遊似的！

　　唐僧在天竺國的王宮裏，也題了幾首詩，比如：

　　瑞雪初晴氣味寒，奇峰巧石玉團山。

　　爐燒獸炭煨酥酪，袖手高歌倚翠欄。（第九十四回）

　　這種袖手高歌，斜倚翠欄的做派，也是屬於文人學士的，看不出來任何和尚家風。

唐僧完成了取經大業，然而他西天取經的動力，一方面來自對東土眾生沉淪地獄的憐憫，另一方面，卻來自對唐太宗的盡忠之心。

　　唐僧西天取經，最初的動力是這樣的：

　　（唐太宗）當時在寺中問曰：「誰肯領朕旨意，上西天拜佛求經？」問不了，傍邊閃過法師，帝前施禮道：「貧僧不才，願效犬馬之勞，與陛下求取真經，祈保我王江山永固。」唐王大喜，上前將御手扶起道：「法師果能盡此忠賢，不怕程途遙遠，跋涉山川，朕情願與你拜為兄弟。」玄奘頓首謝恩。唐王果是十分賢德，就去那寺裏佛前，與玄奘拜了四拜，口稱「御弟聖僧」。玄奘感謝不盡道：「陛下，貧僧有何德何能，敢蒙天恩眷顧如此？我這一去，定要捐軀努力，直至西天。如不到西天，不得真經，即死也不敢回國，永墮沉淪地獄。」（第十二回）

　　也就是說，「祈保我王江山永固」「蒙天恩眷顧如此」，是唐僧取經的動力，至少是動力之一。

　　在《西遊記》電視劇裏，唐僧經常自稱「貧僧自東土大唐

而來，前往西天大雷音寺拜佛求經」，其實這句台詞，刪了一個關鍵詞。原著裏，唐僧經常性的自我介紹是：「貧僧是東土唐代欽差靈山大雷音見佛求經的。」

原著裏的唐僧，無論走到哪裏，介紹自己時一定要帶上「欽差」兩個字。不是「欽差」，就是「奉旨」，在通天河，唐僧見到許多商人在冰面上行走（當然是妖精變化的），就大發感慨說：

> 三藏道：「世間事惟名利最重。似他為利的，捨死忘生，我弟子奉旨全忠，也只是為名，與他能差幾何！」（第四十八回）

這段話很有意思，因為它像是一個為國盡忠的大臣說的話，卻不像是一個佛教徒說的話。求得佛法，見到如來，倒還是其次，最主要的，是奉旨差遣，為國盡忠。

俗話說，人之將死，其言也善。我們可以看看唐僧面臨死亡危險的時候，說出來的話，最貼近他的真實心理。比如在鎮海寺，唐僧受了風寒，生了重病，以為自己活不長久，便要寫一封信，叫孫悟空送到東土大唐。

長老道:「我要修一封書,並關文封在一處,你替我送上長安駕下,見太宗皇帝一面。」行者道:「這個容易,我老孫別事無能,若說送書,人間第一。你把書收拾停當取與我,我一筋斗送到長安,遞與唐王,再一筋斗轉將回來,你的筆硯還不乾哩。但只是你寄書怎的?且把書意唸我聽,唸了再寫不遲。」長老滴淚道:「我寫着——

　　臣僧稽首三頓首,萬歲山呼拜聖君。文武兩班同入目,公卿四百共知聞。當年奉旨離東土,指望靈山見世尊。不料途中遭厄難,何期半路有災迍。僧病沉痾難進步,佛門深遠接天門。有經無命空勞碌,啟奏當今別遣人。」(第八十一回)

　　作為一個佛教徒,而且快要走到雷音寺了,他想的卻不是讓孫悟空飛到雷音寺,向如來佛祖報告,而是讓孫悟空回到大唐,向太宗皇帝報告。可想而知,他的心裏,哪個輕哪個重了。

　　唐僧面臨死亡危險,還有一次,是在隱霧山折嶽連環洞。唐僧被豹子精捉進洞裏,正好旁邊還綁着一個樵夫。兩人談論起身世來,都說自己即便是死了也有牽掛:

長老滴淚道：「樵夫啊，你死只是一身，無甚掛礙，我卻死得不甚乾淨。」樵子道：「長老，你是個出家人，上無父母，下無妻子，死便死了，有甚麼不乾淨？」長老道：「我本是東土往西天取經去的，奉唐代太宗皇帝御旨拜活佛，取真經，要超度那幽冥無主的孤魂。今若喪了性命，可不盼殺那君王，孤負那臣子？那枉死城中無限的冤魂，卻不大失所望，永世不得超生？一場功果，盡化作風塵，這卻怎麼得乾淨也？」（第八十五回）

　　這裏面也提到了兩層顧慮，一是怕辜負了君臣的期望，二是怕不能超度枉死的冤魂。然而唐僧仍然把「奉御旨拜活佛」放在前面，怕沒取到真經，「盼殺那君王，孤負那臣子」，沒有完成政治任務，沒有盡到社會責任。

　　比較一下《穆斯林的葬禮》裏，吐羅耶定巴巴去朝拜伊斯蘭教的聖地天房，他是虔誠的穆斯林，朝拜聖地只是出於宗教信仰，所以說出來的話，自然帶着宗教家的情懷：

　　「不，泉州無家無室，我的方向是克爾白！」吐羅耶定挵着長髯說……「當然，易卜拉欣（即主人公韓子奇）

和我同往！」吐羅耶定坦然地說，「沒有他做伴，我也許跨不過那千山萬水，就倒斃途中了！求真主慈憫，讓我們平安到達天房。如果我壽數不夠，有易卜拉欣總不會半途而廢，他還年輕，一定會走到！」

和唐僧比較一下，都是長途跋涉，動機是完全不一樣的！

當然，我們說的是小說《西遊記》裏的唐僧，而不是歷史上真實的玄奘法師。玄奘法師西行求法，是因為他在中國學到的佛經，翻譯不善，義理含混，各家高僧的理解不一，對一些重要的理論問題分歧很大，難以融合。由此，他才產生了去印度學習佛經原典的念頭。

玄奘法師西行，更像是一位學者去求取真理。然而到了《西遊記》的唐僧這裏，情況就完全變了，變成了奉旨欽差，超度亡魂。社會責任取代了求知慾望，這正是中國儒家傳統所提倡的。

唐僧的知識結構，也是接近世俗社會的。例如在通天河邊的陳家莊，孫悟空兄弟三人嚇跑了做法事的和尚，唐僧大怒，給他們好一頓教訓：

這兄弟三人，見那些人跌跌爬爬，鼓着掌哈哈大笑。那些僧越加悚懼，磕頭撞腦，各顧性命，通跑淨了。三藏攙那老者，走上廳堂，燈火全無，三人嘻嘻哈哈的還笑。唐僧罵道：「這潑物，十分不善！我朝朝教誨，日日叮嚀。古人云，不教而善，非聖而何！教而後善，非賢而何！教亦不善，非愚而何！汝等這般撒潑，誠為至下至愚之類！走進門不知高低，唬倒了老施主，驚散了唸經僧，把人家好事都攪壞了，卻不是墮罪與我？」（第四十七回）

　　「不教而善」這幾句話，並不出於佛經，而是出於邵雍的《戒子孫》。邵雍是宋代大儒，所以唐僧教訓徒弟這幾句話，不像和尚，倒像鄉村學堂裏的塾師。

　　又有一處：

　　三藏道：「不可，不可！律云：公取竊取皆為盜。倘或有人知覺，趕上我們，到了當官，斷然是一個竊盜之罪。還不送進去與他搭在原處？我們在此避風坐一坐，等悟空來時走路，出家人不要這等愛小。」八戒道：「四顧無人，雖雞犬亦不知之，但只我們知道，誰人告我？有何證見？

就如拾到的一般，那裏論甚麼公取竊取也！」三藏道：「你
胡做啊！雖是人不知之，天何蓋焉，玄帝垂訓云，暗室虧
心，神目如電。趁早送去還他，莫愛非禮之物。」（第五十回）

「公取竊取皆為盜」，這是《大明律》卷十八《刑律·賊盜》
中的話。「暗室虧心，神目如電」，這兩句託名真武大帝的名言，
意思是暗中做了壞事，神靈的眼睛卻像閃電一樣，看得很清
楚。這兩句話，出自元明之際的勸善書《明心寶鑒·天理篇》。

其實和尚自有比丘戒，盜戒是「殺、盜、淫、妄、酒」五
條根本戒律裏的重要戒條。唐僧兩次勸告豬八戒，居然都沒用
佛教戒律，反倒對《大明律》和勸善書很熟。這正說明，他的
知識體系，還是世俗的。他的性格，更接近世俗的文人儒士，
而不是修行的僧人。

性格接近儒家的唐僧，有其社會擔當的一面，卻也有許多
毛病：軟弱、自私。他人妖不分，不聽孫悟空勸告的毛病，更
是犯了多次。

唐僧在去西天路上，一遇到困難，就哭哭啼啼，所謂「百
無一用是書生」。氣得孫悟空經常罵他「師父莫要這等膿包形
麼」。路上只要聽說前面有妖怪，必然觸發下面這幅畫面：

三藏聞言，大驚失色。一是馬的足下不平，二是坐個雕鞍不穩，撲的跌下馬來，掙挫不動，睡在草裏哼哩。（第七十四回）

真是丟盡臉面，難怪孫悟空嘲笑他「天下也有和尚，像你這般皮鬆的卻少」了！

甚至去寶林禪寺借宿，受了僧官的氣，立即眼淚汪汪，比小姑娘還不如。孫悟空進去，逼得僧官出來，列隊迎接。豬八戒看了，都說唐僧「不濟事」。

那僧官磕頭高叫道：「唐老爺，請方丈裏坐。」八戒看見道：「師父老大不濟事，你進去時，淚汪汪，嘴上掛得油瓶。師兄怎麼就有此獐智，教他們磕頭來接？」（第三十六回）

軟弱還是次要的，最關鍵的是，唐僧很自私。在遇到六耳獼猴之前，孫悟空打死了一夥強盜。唐僧怪他行兇，又怕強盜們去陰曹地府告狀，把自己牽累進去，就在強盜的墳上祝告道：

「拜惟好漢，聽禱原因：念我弟子，東土唐人。奉太宗皇帝旨意，上西方求取經文。適來此地，逢爾多人，不知是何府、何州、何縣，都在此山內結黨成群。我以好話，哀告殷勤。爾等不聽，返善生嗔。卻遭行者，棍下傷身。切念屍骸暴露，吾隨掩土盤墳。折青竹為光燭，無光彩，有心勤；取頑石作施食，無滋味，有誠真。你到森羅殿下興詞，倒樹尋根，他姓孫，我姓陳，各居異姓。冤有頭，債有主，切莫告我取經僧人。」

八戒笑道：「師父推了乾淨，他打時卻也沒有我們兩個。」三藏真個又撮土禱告道：「好漢告狀，只告行者，也不干八戒、沙僧之事。」（第五十六回）

這就是典型的膽小怕事，遇到麻煩，推脫責任，先把自己擇出來。所以孫悟空聽了，忍不住笑道：「師父，你老人家忒沒情義。為你取經，我費了多少殷勤勞苦，如今打死這兩個毛賊，你倒教他去告老孫。雖是我動手打，卻也只是為你。你不往西天取經，我不與你做徒弟，怎麼會來這裏，會打殺人？」

唐僧還很斤斤計較。比如在白虎嶺，遇到白骨精之前，唐僧肚子餓了，要吃飯：

師徒們入此山，正行到嵯峨之處，三藏道：「悟空，我這一日，肚中飢了，你去那裏化些齋吃。」行者陪笑道：「師父好不聰明。這等半山之中，前不巴村，後不着店，有錢也沒買處，教往那裏尋齋？」三藏心中不快，口裏罵道：「你這猴子！想你在兩界山，被如來壓在石匣之內，口能言，足不能行，也虧我救你性命，摩頂受戒，做了我的徒弟。怎麼不肯努力，常懷懶惰之心！」行者道：「弟子亦頗殷勤，何嘗懶惰？」三藏道：「你既殷勤，何不化齋我吃？我肚飢怎行？況此地山嵐瘴氣，怎麼得上雷音？」（第二十七回）

　　孫悟空不肯去化齋，唐僧就把之前搭救孫悟空的恩惠拿出來說，這就叫拈斤播兩，沒有君子氣度。

　　不過，雖然唐僧有這樣多的缺點，卻還不失為一個好人。

　　他關心徒弟，孫悟空去獅駝洞探聽消息，他就在原地禱告：「祈請雲霞眾位仙，六丁六甲與諸天。願保賢徒孫行者，神通廣大法無邊。」

　　他知道感恩，尤其是對孫悟空。在寶象國，孫悟空把他從虎變回人之後，他說：「賢徒，虧了你也！虧了你也！這一去，

早詣西方，徑回東土，奏唐王，你的功勞第一。」

最關鍵的是，他意志堅定，面對女妖的百般挑逗，卻也能把持得住，絕不貪戀美色。雖然歷經磨難，每次都哭成一個「膿包」，卻百折不撓，從不曾真的投降或放棄。

「百折不撓」，說起來是一句輕飄飄的話，做起來卻實在太難。

所以，我們似乎也不能對唐僧要求太多。唐僧的表現，其實體現了一個完全沒有天賦異稟的人，面對着重大挑戰，本來應有的反應。如果他面對妖精不膽小，面對幻化不迷惑，面對病痛不憂愁，還能帶頭衝鋒陷陣，反倒是一件奇怪的事情了。

可以想一想，我們自己，如果遇到生命危險，會不會哭泣流淚？如果團隊中別人惹了麻煩，會不會推脫責任？如果別人沒有按自己要求去做，會不會把從前的小恩小惠翻來覆去地提？

假如我們自己的做法也好不到哪裏去，那麼唐僧其實就代表了我們。唐僧能做到這樣，就算不錯。畢竟是他，帶領着三個徒弟，走到了終點。

他是取經隊伍中力量最弱小的一個，而且，也是唯一的凡人。在這個意義上，他連那匹馬都不如，人家好歹還是西海玉龍三太子。

而他天天打交道的，不是神仙，就是妖魔。在這個充斥着超能力的世界裏，凡人注定是渺小的。正如一隻螞蟻，試圖在一群大象的踐踏中，找到一條穿過森林的路。在這樣的歷程中，這隻螞蟻有點兒膽怯，有點兒自私，有點兒糊塗，又算得了甚麼呢！

　　唐僧的渺小，也就是我們的渺小。唐僧的偉大在於：明知道自己渺小，明知道自己肉眼凡胎，要被妖精嚇哭，要窩囊一路，也要前行！

　　這恰恰又是儒家大師孟子「雖千萬人，吾往矣」的壯偉精神。軟弱、渺小，絕不等於卑微和猥瑣。

　　身為神通廣大的孫悟空，敢於西天取經，這並沒有甚麼可貴；身為肉眼凡胎的唐僧，還敢於西天取經，這就值得我們仰望了。

　　雖然我們都喜歡孫悟空，但並不是每個人都得像孫悟空。就像我們都羨慕某一專業領域出類拔萃的人才，但因為體質、生理、家境有各種各樣的差異，大多數人注定是庸常的。但即使沒有法術和超能力，即使身上有這樣那樣的缺點，都不重要。重要的是：抱着堅定的目標，永不放棄，就可以成就偉大的人格！

如何評價豬八戒？

　　每個中國人心中，都住着一個孫悟空。

　　但是每個中國人心中，也都住着一個豬八戒。

　　我現在全職在家裏寫作，雖說不用天天上班，然而發現，即便不需要擠地鐵、擠巴士，工作也不是那麼容易的。

　　因為家裏有牀，一張軟軟的、好大的牀。被子又輕又柔，鑽進裏面，暖暖的密不透風。

　　冰箱裏有各種好吃的，牛肉乾、酸奶、薯片、妙脆角、魷魚絲、榛仁巧克力、瓜子、花生……各種小零食。

　　手機裏有叫外賣的軟件，只要輕輕一點，牛肉漢堡、奧爾良烤翅、蛋撻……就可以在幾十分鐘內送來。

　　電腦裏有各種遊戲，有視頻軟件，可以看到新出的電影、電視劇。

每當思維稍受阻礙的時候，比如說不知道一句話該怎麼表達合適，就想：「嗯，是該休息會兒了。」忍不住往牀上一躺，於是，兩個小時過去了。

或者打開冰箱，拿點兒零食出來吃一會兒，一個小時又過去了。

或是叫個外賣，點兩個雞翅，其實並不一定是餓了，只是嘴饞。

或者鼠標忍不住點上一點，看一場電影，美其名曰「換換腦子」，其實只是犯懶。

懶和饞，就像《西遊記》的妖魔鬼怪一樣，揮之不去，驅而又來。放縱享受的時候，並不覺得，一旦過去，就會自責甚至自卑：我我我，怎麼會這個樣子！

起初，我以為只有我是這個樣子。後來一交流，發現身邊的很多人，都是這個樣子：一工作，就犯懶，犯饞。只不過有些人不好意思說出來而已！

這種狀態，其實就像《西遊記》裏的豬八戒。

在取經隊伍裏，豬八戒最懶，最饞。雖然他塊頭最大，喊累的卻總是他。他剛剛加入取經隊伍，擔子挑了不久，就喊起累來：

　　豬八戒道：「哥啊，你只知道你走路輕省，那裏管別人累墜？自過了流沙河，這一向爬山過嶺，身挑着重擔，老大難挨也！須是尋個人家，一則化些茶飯，二來養養精神，才是個道理。」行者道：「呆子，你這般言語，似有報怨之心。還像在高老莊，倚懶不求福的自在，恐不能也。既是秉正沙門，須是要吃辛受苦，才做得徒弟哩。」（第二十三回）

　　孫悟空三打白骨精，被唐僧趕走，於是輪到豬八戒化齋。走了十餘里，一個人家都沒有遇到，走得睏了，就要睡覺：

　　卻又走得瞌睡上來，思道：「我若就回去，對老和尚說沒處化齋，他也不信我走了這許多路。須是再多幌個時辰，才好去回話。也罷，也罷，且往這草科裏睡睡。」呆子就把頭拱在草裏睡下，當時也只說朦朦朧朧就起來，豈知走路辛苦的人，丟倒頭，只管齁齁睡起。（第二十八回）

　　你看，這不和我一模一樣？我是寫文章遇到點兒困難，便想睡覺。豬八戒是走幾步路，就想睡覺。

而且，我睡覺之前，也是告訴自己：「稍微迷糊一會兒，就起來。」然而如果不來電話或送快遞的，準起不來；正和豬八戒一樣，若不是沙僧來叫，還在那裏睡着呢！

　　然而有一樣東西，準能把豬八戒叫醒，那就是好吃的。

　　在車遲國，孫悟空發現三清觀裏夜裏做法事，就叫二位師弟起來，去偷吃東西。先叫的沙僧，誰知：

　　　　那豬八戒睡夢裏，聽見說吃好東西就醒了，道：「哥哥，就不帶挈我些兒？」（第四十四回）

　　一邊沙僧叫都不醒，一邊是夢裏聽見好吃的都能醒，可見豬八戒是一個徹底的「吃貨」了。

　　等到了三清觀裏，豬八戒「聞得那香噴噴供養要吃，爬上高台，把老君一嘴拱下去」，然後就搶大饅頭吃，已經是急不可待了！

　　豬八戒笨得很，可是為了弄到好吃的，反倒能生出許多辦法來。比如在隱霧山，孫悟空發現妖精在噴雲吐霧，回來騙豬八戒是村民做飯的蒸氣。

行者道：「前面不遠，乃是一莊村。村上人家好善，蒸的白米乾飯、白麵饃饃齋僧哩。這些霧，想是那些人家蒸籠之氣，也是積善之應。」八戒聽說，認了真實，扯過行者，悄悄的道：「哥哥，你先吃了他的齋來的？」行者道：「吃不多兒，因那菜蔬太鹹了些，不喜多吃。」八戒道：「啐！憑他怎麼鹹，我也盡肚吃他一飽。十分作渴，便回來吃水。」行者道：「你要吃麼？」八戒道：「正是。我肚裏有些飢了，先要去吃些兒，不知如何？」行者道：「兄弟莫題。古書云，父在，子不得自專。師父又在此，誰敢先去？」

八戒笑道：「你若不言語，我就去了。」行者道：「我不言語，看你怎麼得去。」那呆子吃嘴的見識偏有，走上前，唱個大喏道：「師父，適才師兄說，前村裏有人家齋僧。你看這馬，有些要打攪人家，便要草要料，卻不費事？幸如今風霧明淨，你們且略坐坐，等我去尋些嫩草兒，先餵餵馬，然後再往那家子化齋去罷。」唐僧歡喜道：「好啊！你今日卻怎肯這等勤謹？快去快來。」那呆子暗暗笑着便走。行者趕上扯住道：「兄弟，他那裏齋僧，只齋俊的，不齋醜的。」八戒道：「這等說，又要變化是。」行者

道：「正是。你變變兒去。」

　　好呆子，他也有三十六般變化，走到山凹裏，撚着訣，唸動咒語，搖身一變，變做個矮瘦和尚。手裏敲個木魚，口裏哼啊哼的，又不會唸經，只哼的是「上大人」。

（第八十五回）

　　等到豬八戒走上前去，遇到妖怪，被圍在當中，「這個扯住衣服，那個扯着絲縧，推推擁擁，一齊下手」。豬八戒還不知就裏，以為是眾人搶着邀他去吃齋，還對妖精們說：「不要扯，等我一家家吃將來。」

　　然而妖精們一擁齊上，豬八戒那點兒可憐的夢想瞬間破滅了！

　　我經常去的圖書館附近，有一條美食街，每當看到那一連串的巫山烤魚、麻辣小龍蝦、牛油火鍋、日本料理、海底撈、漢拿山烤肉、新疆大盤雞……的時候，心裏就生起豬八戒的這點兒夢想：「一家家吃將來。」

　　豬八戒除了懶和饞，只要遇到一點兒困難，就吵着分行李散夥，前前後後好多次。孫悟空最痛恨的，就是他這一點。在獅駝嶺，孫悟空被青獅精吞入肚中，豬八戒以為孫悟空死了，

跑回來分行李：

> 　　大聖收繩子，徑轉山東，遠遠的看見唐僧睡在地下打
> 滾痛哭，豬八戒與沙僧解了包袱，將行李搭分兒，在那裏
> 分哩。行者暗暗嗟歎道：「不消講了，這定是八戒對師父
> 說我被妖精吃了，師父捨不得我痛哭，那呆子卻分東西散
> 火哩。」（第七十六回）

　　他這散夥，和唐僧遇到妖怪怕得要死，看上去都是退
縮，其實是兩回事。唐僧是普通人真正的膽小，而豬八戒是不
堅定。

　　這也好理解：孫悟空雖然有花果山，但他一心建功立業；
沙和尚雖然有流沙河，但他一心拜佛贖罪。只有豬八戒，是被
逼着上路的。他最大的願望，無非是在高老莊置辦一份家業，
安安穩穩地做他的上門女婿。

　　當然，也未必非得是高老莊不可。黎山老母、觀世音菩薩
等四位神仙變化了母女四人，坐山招親。豬八戒也動了心思，
真的想留下。這個時候，他又不想他的高老莊了！

　　所以，說豬八戒對高老莊多有感情，似乎也談不上。他腦

子裏想的，只不過是老婆孩子熱炕頭，過他的安穩日子而已。他對拜佛求經這件事，並沒有太大的興趣。

豬八戒除了懶和饞，還喜歡貪小便宜。在烏雞國，他潛下井去，發現井龍王把烏雞國王的遺體保存在水晶宮裏。井龍王讓他背出去，他第一反應竟然是說：「我與你馱出去，只說把多少燒埋錢與我？」龍王說：「其實無錢。」豬八戒就說：「你好白使人！果然沒錢，不馱！」

最終還是孫悟空威脅他，說不馱就丟下他不管。豬八戒才氣哼哼地把國王的遺體背了上來。

《西遊記》最有趣的一段，莫過於豬八戒在獅駝嶺被妖精捉去，孫悟空變作小蟲飛進去救他，卻發現他私藏銀子：

　　好大聖，飛近他耳邊，假捏聲音叫聲：「豬悟能，豬悟能！」八戒慌了道：「晦氣呀！我這悟能是觀世音菩薩起的，自跟了唐僧，又呼做八戒，此間怎麼有人知道我叫做悟能？」呆子忍不住問道：「是那個叫我的法名？」行者道：「是我。」呆子道：「你是那個？」行者道：「我是勾司人。」那呆子慌了道：「長官，你是那裏來的？」行者道：「我是五閻王差來勾你的。」呆子道：「長官，你且回

去，上覆五閻王，他與我師兄孫悟空交得甚好，教他讓我一日兒，明日來勾罷。」行者道：「胡說！閻王注定三更死，誰敢留人到四更！趕早跟我去，免得套上繩子扯拉！」呆子道：「長官，那裏不是方便，看我這般嘴臉，還想活哩。死是一定死，只等一日，這妖精連我師父們都拿來，會一會，就都了賬也。」

行者暗笑道：「也罷，我這批上有三十個人，都在這中前後，等我拘將來就你，便有一日耽閣。你可有盤纏，把些兒我去。」八戒道：「可憐呵！出家人那裏有甚麼盤纏？」行者道：「若無盤纏索了去！跟着我走！」呆子慌了道：「長官不要索，我曉得你這繩兒叫做追命繩，索上就要斷氣。有，有，有！有便有些兒，只是不多。」行者道：「在那裏？快拿出來！」八戒道：「可憐，可憐！我自做了和尚，到如今，有些善信的人家齋僧，見我食腸大，襯錢比他們略多些兒。我拿了攢在這裏，零零碎碎有五錢銀子。因不好收拾，前者到城中，央了個銀匠煎在一處，他又沒天理，偷了我四分。只得四錢六分一塊兒。你拿了去罷。」行者暗笑道：「這呆子褲子也沒得穿，卻藏在何處？咄！你銀子在那裏？」八戒道：「在我左耳朵眼兒裏

摁着哩。我捆了拿不得，你自家拿了去罷。」

行者聞言，即伸手在耳朵竅中摸出，真個是塊馬鞍兒銀子，足有四錢五六分重，拿在手裏，忍不住哈哈的一聲大笑。那呆子認是行者聲音，在水裏亂罵道：「天殺的弼馬溫！到這們苦處還來打詐財物哩！」行者又笑道：「我把你這饢糟的！老孫保師父，不知受了多少苦難，你倒攢下私房！」八戒道：「嘴臉！這是甚麼私房！都是牙齒上刮下來的，我不捨得買了嘴吃，留了買匹布兒做件衣服，你卻嚇了我的。還分些兒與我。」行者道：「半分也沒得與你！」八戒罵道：「買命錢讓與你罷，好道也救我出去是。」行者道：「莫發急，等我救你。」（第七十六回）

其實，幾錢銀子能有多少，值得這樣東藏西藏？豬八戒也確實攢得辛苦，「都是牙齒上刮下來的」，還要瞞過師父和師兄弟，還要找機會熔在一起。費的工夫、花的心思，難道還不值這幾錢銀子？孫悟空、沙和尚乃至唐僧，甚麼時候做過這種偷偷摸摸的事？甚麼時候又見到他們路上少了銀子用？可見生活中的消費，並不只是辛苦攢錢一條來源。這只能說明，這是豬八戒本性使然，大賬不會算，見到小便宜卻要貪。

豬八戒的態度，其實就是大多數中國平民百姓的態度。對他們來說，買地置業，吃穿不愁，把生活過好，就能獲得最大的滿足感。至於盡忠報國、成仙成佛、來生福報，這些事過於遙遠，並不在他們的考慮範圍內。即便豬八戒被告知取經成功肯定能成正果，但他仍然對這個十幾年後才能兌現的承諾常常生起懷疑，覺得不如現擺着的高老莊穩妥。

　　這種非常現實的態度，決定了很多人在精神層面上的局限；然而，也正是抱着這種態度生活，他們有一種獨特的務實精神，善於解決生活中的實際問題。

　　這在豬八戒身上體現得也很明顯，在通天河，豬八戒知道如何試出水深：把一塊石頭扔下去，冒起水泡來是淺，沉下去是深。等到通天河結了冰，豬八戒又向大家普及了許多走冰的知識：

　　　　徑至河邊冰上，那馬蹄滑了一滑，險些兒把三藏跌下馬來。沙僧道：「師父，難行！」八戒道：「且住！問陳老官討個稻草來我用。」行者道：「要稻草何用？」八戒道：「你那裏得知，要稻草包着馬蹄方才不滑，免教跌下師父來也。」陳老在岸上聽言，急命人家中取一束稻草，

卻請唐僧上岸下馬。八戒將草包裹馬足，然後踏冰而行。

別陳老離河邊，行有三四里遠近，八戒把九環錫杖遞與唐僧道：「師父，你橫此在馬上。」行者道：「這呆子奸詐！錫杖原是你挑的，如何又叫師父拿着？」八戒道：「你不曾走過冰凌，不曉得。凡是冰凍之上，必有凌眼，倘或履着凌眼，脫將下去，若沒橫擔之物，骨都的落水，就如一個大鍋蓋蓋住，如何鑽得上來？須是如此架住方可。」行者暗笑道：「這呆子倒是個積年走冰的。」果然都依了他。長老橫擔着錫杖，行者橫擔着鐵棒，沙僧橫擔着降妖寶杖，八戒肩挑着行李，腰橫着釘鈀，師徒們放心前進。（第四十八回）

與其說這是他在天河水府學到的知識，不如說這是他天天在高老莊幹活總結的勞動經驗。

在火雲洞，孫悟空被火燒了，又遇到冷水，昏死過去。別人都沒有了辦法，唯獨豬八戒不慌不忙：

真個那沙僧扯着腳，八戒扶着頭，把他拽個直，推上腳來，盤膝坐定。八戒將兩手搓熱，仵住他的七竅，使一

個按摩禪法。原來那行者被冰水逼了，氣阻丹田，不能出聲。卻幸得八戒按摸揉擦，須臾間，氣透三關，轉明堂，沖開孔竅，叫了一聲：「師父啊！」（第四十一回）

按摩禪法，是一種民間流傳的按摩手法，並不是法術。似乎這種時候，甚麼法術法寶，都不管事了，反倒是豬八戒的按摩法救了孫悟空一命。

豬八戒還有兩次立了大功，一次是在荊棘嶺，一次是在稀柿衕（同 tòng，粵音同「童」）。在稀柿衕，他變作一頭大豬，拱開臭氣薰天的道路，這自然使我們聯想到農村的淘糞勞動。在荊棘嶺上，葛藤纏繞難行，豬八戒就變成二十丈高的身軀，使出「耙柴手」來，劈開道路。這種本領，自然也是他在高老莊摟柴練出來的。孫悟空雖然神通廣大，卻也是不會的。

這些經驗，看似平平無奇，其實卻是重要的生存技能。有一個寓言是這樣的：

哲學家上船過河，他問船夫：「你懂哲學嗎？」「不懂。」船夫回答。「那你至少失去了一半的生命。」哲學家說。「你懂數學嗎？」哲學家又問。「不懂。」船夫回答。「那你失去了百分之八十的生命。」

突然，一個巨浪把船打翻了，哲學家和船夫都掉到了水裏。看着哲學家在水中胡亂掙扎，船夫問哲學家：「你會游泳嗎？」「不會。」哲學家回答。「那你將失去整個生命。」船夫說。

　　哲學、數學，解決不了生存的問題。應該說，中華文明一直延續到今天，和我們崇尚務實，善於積累實際的生存經驗有很大的關係。

　　豬八戒小毛病雖然多，卻沒有大問題。而且面對妖魔鬼怪，他雖然本領不濟，卻從不屈服。在號山，他被紅孩兒捉去，裝在皮袋裏，孫悟空變成了一隻蒼蠅，聽着豬八戒在裏面說話：

　　　　只聽得八戒在那裏哼哩哼的，聲音不清，卻似一個瘟豬。行者嚶的飛了去尋時，原來他吊在皮袋裏也。行者釘在皮袋，又聽得他惡言惡語罵道妖怪長，妖怪短：「你怎麼假變作個觀音菩薩哄我回來，吊我在此，還說要吃我！有一日我師兄大展齊天無量法，滿山潑怪登時擒。解開皮袋放我出，築你千鈀方趁心！」

　　　　行者聞言暗笑道：「這呆子雖然在這裏面受悶氣，卻還不倒了旗槍。老孫一定要拿了此怪，若不如此，怎生

雪恨！」（第四十一回）

豬八戒「不倒了旗槍」，是連孫悟空都讚不絕口的。

如果一部小說裏，所有的人物都沒有缺點，那這部小說就太虛偽了。而豬八戒就是一個真實的人，就生活在我們身邊。他和很多普通人一樣懶，一樣饞，一樣喜歡佔小便宜，然而也一樣憨厚直率，關鍵時候，還能頂上作用。這也難怪我們為甚麼看到豬八戒，不但不怨恨，反而心生親切了。

如何評價沙僧？

取經四人組裏，唐僧是首領，孫悟空本領最大，豬八戒抱怨最多，沙和尚平時不言不語，看上去平平無奇。孫悟空使神通，豬八戒耍寶，唐僧哭哭啼啼，都佔足了戲份，有時候我們甚至忘記了，還有沙和尚這樣一號人物存在。

然而奇妙的是，取經隊伍的道路，卻是沿着沙和尚的方向發展的。

如果事事依着唐僧，沒準兒走不多遠，他就被妖精吃了。

如果事事依着孫悟空，沒準兒和唐僧吵幾架，他就回花果山了。

如果事事依着豬八戒，沒準兒走不多遠，大家就分行李散夥了。

然而沙和尚從來不說一句抱怨的話，從來不打退堂鼓，出

現分歧，他是那個調解說合的；人心渙散，他是那個鼓舞挽救的。輪到功勞，他卻分不到多少；然而他選定的方向，卻是最終隊伍前進的方向。他是這個團隊的基石，從不露出地面，卻因為有了他，隊伍才不致動搖。

西天路上，經常發生各種矛盾。然而只要有沙僧在，矛盾就不至於激化。

「三藏不忘本，四聖試禪心」那一回，豬八戒中了四位菩薩的計策，被吊在樹上。第二天孫悟空和沙和尚的表現，就完全不同。孫悟空當然抓住機會，使勁兒挖苦。可沙僧卻是趕緊把豬八戒解下來：

> 只見那呆子繃在樹上，聲聲叫喊，痛苦難禁。行者上前笑道：「好女婿呀！這早晚還不起來謝親，又不到師父處報喜，還在這裏賣解兒耍子哩！咄！你娘呢？你老婆呢？好個繃巴吊拷的女婿呀！」那呆子見他來搶白着羞，咬着牙，忍着疼，不敢叫喊。沙僧見了老大不忍，放下行李，上前解了繩索救下。（第二十四回）

然而孫悟空這種挖苦，也給他招來了災難。緊接着到來的

三打白骨精，豬八戒使勁兒在唐僧面前詆毀孫悟空，唐僧就把孫悟空趕走了。當然，這樣激烈的矛盾，沙僧也無能為力了。

然而就在孫悟空臨走時，他還對沙僧說：「賢弟，你是個好人。」

其實這句話的潛台詞是：我們三個，都有問題。

這件事的責任，唐僧人妖不分佔三分之一，豬八戒的打擊報復佔三分之一，孫悟空的尖酸刻薄也佔三分之一。

雖然沙僧露臉不多，但其他三人的表現，就足以反襯出他是個好人了。

沙僧不僅注意調和自己人的矛盾，也注意調和與外人的衝突。比如在寶林禪寺，孫悟空逼得僧官列隊迎接。豬八戒嘲笑唐僧不濟事，孫悟空在旁邊作威作福，威脅眾和尚。沙僧的表現卻是：「見他們磕頭禮拜，甚是不過意，上前叫：『列位請起。』」

這樣一來，寶林禪寺的和尚們，對師徒四人也就沒有那麼多敵意了。

沙僧是取經隊伍的向心力，三番五次地讓這個隊伍團結起來。

孫悟空心高氣傲，對兩個師弟說訓斥就訓斥。在鎮海寺，

老鼠精將唐僧攝去，孫悟空怪八戒、沙僧沒看好師父，一頓亂打：

　　行者怒氣填胸，也不管好歹，撈起棍來一片打，連聲叫道：「打死你們，打死你們！」那呆子慌得走也沒路。沙僧卻是個靈山大將，見得事多，就軟款溫柔，近前跪下道：「兄長，我知道了，想你要打殺我兩個，也不去救師父，徑自回家去哩。」行者道：「我打殺你兩個，我自去救他！」沙僧笑道：「兄長說那裏話！無我兩個，真是單絲不線，孤掌難鳴。兄啊，這行囊馬匹，誰與看顧？寧學管鮑分金，休仿孫龐鬥智。自古道打虎還得親弟兄，上陣須教父子兵，望兄長且饒打，待天明和你同心勠力，尋師去也。」行者雖是神通廣大，卻也明理識時。見沙僧苦苦哀告，便就回心道：「八戒，沙僧，你都起來。明日找尋師父，卻要用力。」那呆子聽見饒了，恨不得天也許下半邊，道：「哥啊，這個都在老豬身上。」兄弟們思思想想，那曾得睡，恨不得點頭喚出扶桑日，一口吹散滿天星。（第八十一回）

管鮑分金，是春秋時管仲、鮑叔牙的故事。兩人是好朋友，一起經商，獲得的利潤管仲總要多拿一些，鮑叔牙非常理解，因為他知道管仲家裏窮，而且有老母親要贍養，所以後人以「管鮑分金」形容朋友感情深厚。而戰國時孫臏和龐涓是師兄弟，後來龐涓當了魏國的大將，嫉妒孫臏的才能，將孫臏騙去，誣陷他犯了罪，用了刑罰。孫臏逃出，跑到齊國，受到重用，在一次戰役中，孫臏埋伏下人馬，把龐涓射死。後人就用「孫龐鬥智」來形容朋友反目成仇。

　　猴哥生氣，豬八戒慌得六神無主，而沙僧竟能鎮定下來，苦口婆心，反覆勸說，總算把暴怒的孫悟空勸得回心轉意。「兄弟們思思想想，那曾得睡，恨不得點頭喚出扶桑日，一口吹散滿天星」，可見，三個人同仇敵愾，感情更深厚了。

　　一個人在緊迫時刻，作出的反應是最真實的。在號山，唐僧不聽孫悟空的勸告，被紅孩兒攝去。孫悟空心灰意冷，說了幾句使人心寒的話。而這時豬八戒和沙僧的反應最能說明問題：

　　行者道：「兄弟們，我等自此就該散了。」八戒道：「正是，趁早散了，各尋頭路，多少是好。那西天路無窮無

盡，幾時能到得？」沙僧聞言，打了一個失驚，渾身麻木道：「師兄，你都說的是那裏話。我等因為前生有罪，感蒙觀世音菩薩勸化，與我們摩頂受戒，改換法名，皈依佛果，情願保護唐僧上西方拜佛求經，將功折罪。今日到此，一旦俱休，說出這等各尋頭路的話來，可不違了菩薩的善果，壞了自己的德行，惹人恥笑，說我們有始無終也！」

（第四十回）

豬八戒聽到孫悟空說散夥，表現是立即順杆爬——他巴不得回高老莊呢。而沙僧的表現，卻是「打了一個失驚，渾身麻木」，然後反覆勸說孫悟空，不可灰心喪氣。他這個應激反應，恰恰袒露了他一心向佛的心跡。

孫悟空是甚麼人？你見過他被誰感染過？你見過他對誰認過錯？恐怕對如來佛祖、玉皇大帝也不會。然而這次，他竟然真的感到慚愧了。他對沙僧說：

「兄弟，你說的也是，奈何師父不聽人說……因此上怪他每每不聽我說。故我意懶心灰，說各人散了。既是賢弟有此誠意，教老孫進退兩難。八戒，你端的要怎的

處？」八戒道：「我才自失口亂說了幾句，其實也不該散。哥哥，沒及奈何，還信沙弟之言，去尋那妖怪救師父去。」行者卻回嗔作喜道：「兄弟們，還要來結同心，收拾了行李馬匹，上山找尋怪物，搭救師父去。」（第四十回）

這次取經隊伍人心渙散，仍然是沙僧挽救了局面。我們看到的，是一副厚道人的面孔。

孫悟空的人格，當然是高邁卓絕的。然而在這兩件事上，沙僧的人格，足以和孫悟空分庭抗禮。就事論事地比較起來，孫悟空還略遜了一籌。

《西遊記》中的人格有許許多多種，誰高誰低？我們完全可以拿孫悟空為尺子，看他稱讚過誰，肯定過誰，誰就有可取之處。而沙僧，是獲得孫悟空最多稱讚的人，他的人格，絲毫不因為他法力低微而受損。

沙僧雖然不是降妖除怪的主力，卻是一個非常好的助手。孫悟空去降妖，沙僧就保護師父；孫悟空要給烏雞國王餵金丹，沙僧就及時找來涼水。甚至孫悟空捉弄豬八戒，叫他朝着烏雞國王的遺體哭喪，沙僧還找了幾炷香來點上。這樣的助手實在是貼心！

沙僧很少說話，但他及時補位的作用卻不可替代。在寶象國，有一段他和豬八戒的鮮明對比。

豬八戒因為孫悟空已被趕走，就向國王吹噓道：「第一會降妖的是我。」還在殿上賣弄，變了個大個子，引得滿朝文武驚歎不已，國王就叫豬八戒前去降妖。豬八戒得意揚揚地駕雲飛去——他把自己根本打不過黃袍怪這事忘了！

考慮到這件事的，是沙僧。

> 呆子去了，沙僧將酒亦一飲而乾，道：「師父，那黃袍怪拿住你時，我兩個與他交戰，只戰個手平。今二哥獨去，恐戰不過他。」三藏道：「正是，徒弟啊，你可去與他幫幫功。」（第二十九回）

不炫耀的是沙僧；怕豬八戒勢單，前來幫忙的也是沙僧。最後兩人大戰黃袍怪，把自己吹得上了天的豬八戒反倒說：「沙僧，你且上前來與他鬥着，讓老豬出恭來。」鑽進草叢裏，逃了性命，被黃袍怪捉去的還是沙僧。到了黃袍怪洞裏，錚錚鐵骨，毫不屈服的，也是沙僧：

沙僧已捆在那裏，見妖精兇惡之甚，把公主攛倒在地，持刀要殺。他心中暗想道：「分明是他有書去，救了我師父。此是莫大之恩。我若一口說出，他就把公主殺了，此卻不是恩將仇報？罷、罷、罷！想老沙跟我師父一場，也沒寸功報效，今日已此被縛，就將此性命與師父報了恩罷。」（第三十回）

這一段，說沙僧大仁大勇，毫不過分！

直到降伏了黃袍怪之後，孫悟空仍然對唐僧、豬八戒耿耿於懷。還是沙僧勸說孫悟空，給唐僧解了黃袍怪施的變虎妖法。

　　行者（對八戒）道：「你凡事攛唆，是他個得意的好徒弟，你不救他，又尋老孫怎的？原與你說來，待降了妖精，報了罵我之仇，就回去的。」沙僧近前跪下道：「哥啊，古人云，不看僧面看佛面。兄長既是到此，萬望救他一救。若是我們能救，也不敢許遠的來奉請你也。」行者用手挽起道：「我豈有安心不救之理？快取水來。」（第三十一回）

男兒膝下有黃金，然而沙僧這一跪，我們只能稱讚他明大局，識大體，絲毫不見卑微！所以高傲如孫悟空，也趕緊用手挽起，不敢坦然受之了。

　　孫悟空對沙僧的種種表現，潛台詞正是：「我看不起的人多了，唯獨看得起你！」

　　一個人，意志堅定，就很難得了；如果既堅定又會說話，那就更難得。而沙僧恰恰是這樣一個人。

　　這從很多地方都能看出來。比如在取經路上，唐僧又擔心起路途遙遠來：

　　　　行者道：「師父，你常以思鄉為念，全不似個出家人。放心且走，莫要多憂，古人云，欲求生富貴，須下死工夫。」三藏道：「徒弟，雖然說得有理，但不知西天路還在那裏哩！」八戒道：「師父，我佛如來捨不得那三藏經，知我們要取去，想是搬了；不然，如何只管不到？」沙僧道：「莫胡談！只管跟着大哥走，只把工夫捱他，終須有個到之之日。」（第八十回）

　　師徒四人各說了一段話，把四個人的性格全寫出來了。孫

悟空心無掛礙，然而把唐僧一通教訓，說他「全不似個出家人」。雖然道理正確，然而他畢竟是師父，想來是不愛聽的。所以唐僧憂心忡忡的情緒，並沒有打消。而豬八戒胡亂猜疑，還以為如來佛搬了家，更是充滿戲謔味道，純屬插科打諢。

唯獨沙僧剛柔兼濟，先說一句「只管跟着大哥走」，維護了孫悟空的權威，卻又不和唐僧正面衝突。緊接着一句「只把工夫捱他，終須有個到之之日」，足以把唐僧的一切顧慮都打消了。

這樣的話，可以說是沙僧的典型言論。又比如豬八戒另一次抱怨的時候，他說：「二哥，你和我一般，拙口鈍腮，不要惹大哥熱擦。且只捱肩磨擔，終須有日成功也。」

不要惹大哥「熱擦」（發火），其實就等於承認孫悟空的地位，等於讓唐僧聽孫悟空的話，這仍然是像前面一樣的效果，既維護了隊伍的團結，又鼓舞了士氣。

所以，不要看沙僧相貌醜陋，他實在是一個協調的高手！

關鍵時刻，沙僧比孫悟空和豬八戒都要冷靜。比如孫悟空變了牛魔王，騙得紅孩兒喊他父親，因此沾沾自喜。沙僧卻說：「哥呵，你便圖這般小便宜，恐師父性命難保。」把孫悟空拉回到正常軌道上來了。

　　唐僧被黃袍怪捉進洞裏，豬八戒和沙僧打上門來。黃袍怪騙豬八戒說，正在給唐僧吃人肉包子：

　　　那怪笑道：「是，是，是，有一個唐僧在我家。我也不曾怠慢他，安排些人肉包兒與他吃哩。你們也進去吃一個兒，何如？」這呆子認真就要進去，沙僧一把扯住道：「哥啊，他哄你哩，你幾時又吃人肉哩？」（第二十八回）

　　這仍然是粗中有細，冷靜沉着。

　　孫悟空激進，豬八戒保守，只有沙和尚，正能量滿滿，沒有任何花花心思。然而正因為如此，他常常被人忽略。

　　然而，如果每個人都要爭當英雄，那些單調的、乏味的活兒誰來幹呢？

　　或者每個人都要心計，佔便宜，那些真正的實事誰來幹呢？

　　如果遇到困難就爭吵推諉，團隊怎麼一致向前呢？

　　所以，孫悟空雖然重要，沙和尚也同樣重要。沒有個性，是他最大的個性；沒有功勞，是他最大的功勞。

取經途中，白龍馬的角色是甚麼？

白龍馬，本是西海龍王的三太子，因為縱火燒了殿上明珠，犯了罪，才被貶到蛇盤山鷹愁澗受罪。為了贖罪，他答應變成白馬，馱着唐僧西天取經。

在西天路上，沒有白龍馬，唐僧寸步難行。然而我們發現一個問題：在《西遊記》裏，白龍馬很少出手降妖除怪。

按說，他是西海玉龍三太子，能和孫悟空鬥幾十回合，本領不能說很差。但我們看到，取經路上，唐僧被妖怪捉去，經常同時也把白馬捉去了。有時候唐僧孤身一人遇到危險，身邊只有白馬的時候，他竟從來沒有現身保護。

在講這個問題之前，有必要聊一聊白龍馬的歷史。

《西遊記》故事，是從唐代玄奘法師去印度求法的故事演變

而來的，玄奘法師也是騎馬的，不過是一匹經驗豐富的老紅馬。

玄奘法師騎着馬，走進沙漠，誰知喝水的時候，不小心把水袋打翻了，一滴水都沒有剩下。他剛要回頭去取水，但是想起他從長安出發時立的誓言：「不到天竺，絕不後退一步。」於是玄奘法師繼續向沙漠裏走去，走得口乾舌燥，四天五夜，沒有水喝，快要渴死了。當天晚上，玄奘夢見一個神仙，催他上路。走了一段，那匹老紅馬忽然瘋狂地奔跑起來，拉也拉不住。牠帶着玄奘法師跑到了一個水源旁邊，人和馬都得救了！

可以說，玄奘法師的性命，是這匹老紅馬救的。當然不一定是甚麼大神顯靈，更可能是這匹老馬對沙漠太熟悉了，牠知道哪裏有水源。這就是老馬識途。

後來的《西遊記》從中還吸取了不少素材：玄奘法師，當然就是後來的唐僧；高鼻深目、臉上長毛的胡人石磐陀幾經變化，成了孫悟空的原型之一；那片沙漠（唐代又叫「沙河」），在《西遊記》裏就變成了「流沙河」；那個喊玄奘上路的神仙，就變成了「深沙神」，後來改名叫「沙和尚」；而那匹立了功的神奇老馬，當然也就成了白龍馬的前身。

有朋友會問：按這樣的說法，《西遊記》裏唐僧騎的馬，

應該是一匹紅馬才對，那麼，為甚麼是一匹白馬呢？

這可能與歷史上另一匹和取經有關的馬有關。漢明帝派人到西域求取佛法，當時的佛經，就由一匹白馬馱來。為了紀念這一事件，明帝在洛陽建了一座佛寺，這座寺就叫「白馬寺」，是我國漢地最早的佛寺。

這其實等於說，《西遊記》裏的「白龍馬」身上，至少疊加了兩匹馬的故事：唐代玄奘法師取經騎的紅馬，以及漢代馱經的白馬。

那麼，我們回到文章開始的那個問題。按說，白龍馬也是唐僧的徒弟之一，為甚麼面對唐僧的遭遇如此麻木呢？

其實答案就在《西遊記》第二十三回裏，這時候，唐僧已經收齊了孫、豬、沙三個徒弟。豬八戒負責挑擔子，然而他一直喊累：

（八戒道：）「似這般許多行李，難為老豬一個逐日家擔着走，偏你跟師父做徒弟，拿我做長工！」行者笑道：「呆子，你和誰說哩？」八戒道：「哥哥，與你說哩。」行者道：「錯和我說了。老孫只管師父好歹，你與沙僧，專管行李馬匹。但若急慢了些兒，孤拐上先是一頓粗棍！」八

戒道：「哥啊，不要說打，打就是以力欺人。我曉得你的尊性高傲，你是定不肯挑；但師父騎的馬，那般高大肥盛，只馱着老和尚一個，教他帶幾件兒，也是弟兄之情。」

行者道：「你說他是馬哩！他不是凡馬，本是西海龍王敖閏之子，喚名龍馬三太子。只因縱火燒了殿上明珠，被他父親告了忤逆，身犯天條，多虧觀音菩薩救了他的性命。他在那鷹愁陡澗，久等師父，又幸得菩薩親臨，卻將他退鱗去角，摘了項下珠，才變做這匹馬，願馱師父往西天拜佛。這都是各人的功果，你莫攀他。」（第二十三回）

這段話之所以有意思，在於它說清楚了師徒五人的分工：

唐僧只管取經。

孫悟空只管唐僧的安全。

豬八戒和沙僧專管行李馬匹。

白龍馬只管馱着唐僧。

後來在取經成功後，如來佛祖分封眾人，說得也很清楚：

唐僧取到真經，封為「旃檀功德佛」。

孫悟空降妖除怪有功，封為「鬥戰勝佛」。

豬八戒挑擔有功，封為「淨壇使者」。

沙和尚登山牽馬有功，封為「金身羅漢」。

白龍馬馱負聖僧來西、馱負佛經去東有功，封為「八部天龍馬」。

也就是說，如來佛祖宣佈的分封理由，才是「各人的功果」，也許他們在路上也做了別的事，例如豬八戒也幫助打妖怪，孫悟空在豬八戒到來之前也挑擔子，但那只是臨時的幫忙，不是本職工作。

如果把取經隊伍視為一個團隊的話，分工明確是團隊高效的第一步。除非危難時刻互相幫助，否則就是越俎代庖。

孫悟空是非常懂得這個道理的，所以在平頂山，他聽了日值功曹的報信，知道前面妖怪兇猛，想讓豬八戒去探一探路。按說，他是大師兄，使喚師弟做點兒事還不是一句話，然而他為了實現這個目的，頗費了一番周折。

他先是裝哭，豬八戒一看孫悟空「哭」着回來了，料定妖怪兇狠，便吵着要分行李散夥，被唐僧一頓大罵：

長老道：「你且休胡談。待我問他一聲，看是怎麼說話。」問道：「悟空，有甚話當面計較。你怎麼自家煩惱？這般樣個哭包臉，是虎唬我也！」行者道：「師父啊，剛

205

才那個報信的，是日值功曹。他說妖精兇狠，此處難行，果然的山高路峻，不能前進，改日再去罷。」

長老聞言，恐惶悚懼，扯住他虎皮裙子道：「徒弟呀，我們三停路已走了停半，因何說退悔之言？」行者道：「我沒個不盡心的。但只恐魔多力弱，行勢孤單。縱然是塊鐵，下爐能打得幾根釘？」長老道：「徒弟啊，你也說得是。果然一個人也難。兵書云，寡不可敵眾。我這裏還有八戒、沙僧，都是徒弟，憑你調度使用，或為護將幫手，協力同心，掃清山徑，領我過山，卻不都還了正果？」

那行者這一場扭捏，只逗出長老這幾句話來。他揾了淚道：「師父啊，若要過得此山，須是豬八戒依得我兩件事兒，才有三分去得；假若不依我言，替不得我手，半分兒也莫想過去。」（第三十二回）

取經團隊是有分工的，孫悟空想讓豬八戒做額外的事情，當然要大肆渲染一番困難處境，兜了好大一個圈子，才讓唐僧開口「我這裏還有八戒、沙僧，都是徒弟，憑你調度使用」，孫悟空才有了理所當然使喚豬八戒的權力。

白龍馬只負責馱唐僧和經書，當然不必負擔降妖的責任。

他唯一一次出手，是在寶象國。

那時候，唐僧被黃袍怪變成老虎；孫悟空因三打白骨精，被唐僧趕跑；沙和尚被黃袍怪生擒；豬八戒不知下落。取經團隊即將分崩離析，白龍馬只得出手，變成一個宮女，試圖刺殺黃袍怪。雖然沒有成功，卻感動了豬八戒，去花果山請回了孫悟空。

這次倒不是他喜歡出手，而是他不出手是真的不行了。這件事一過，他仍然不言不語地馱着唐僧繼續上路。

分工明確，看似一句簡單的話，其實並不簡單。因為在一個團隊裏，每個人都有表達意見的慾望。如果大家不顧分工，亂講一氣，那就像一輛車，七八個人從不同方向拉它，最終一步也前進不了。

我上中學時，班上有一個宣傳小組，有四五個人，專管畫黑板報。然而每次出板報，都要為版式、圖案吵得一塌糊塗。你說這樣幹，他說那樣幹，往往一個下午都幹不完。

後來我們把板報分成幾塊，每塊由一個人負責。總體設計由組長負責。互相約定，只要不是重大的問題，都只聽從每一板塊負責人的意見。於是一下子快了許多。

我曾經在客輪上工作過一段時間，船上的分工是非常明確

的。有一位老海員告訴我，在船上，就算是一個燈泡壞了，你也不要擅自去換，而是應該找專門負責的人。因為他掌握的是全船的電路，不僅僅是一個燈泡。如果他發現某些地方的燈泡經常發生故障，意味着某一條電路可能有問題。也許更加深層的隱患，就能一點點排查出來。而我們擅自換了燈泡，就把本來能使他警覺的問題掩蓋住了。

一個家庭，有父母、子女，當然也是一個團隊，有團隊，就有分工。

但是有些父母，並不懂得這個道理。他們過度插手了孩子的事務，使得本該是孩子的分工，受到了干涉。

孩子玩耍的時候，生怕他們餓着，追着孩子餵飯；天一涼，生怕他們凍着，催着加衣服；喜歡翻弄孩子書包，生怕他們不會整理；甚至孩子寫作業的時候，也要隔幾分鐘跑過來觀察一下，生怕他們貪玩……

如果孩子抵觸，這些父母還感覺很無辜，認為孩子不懂事，不懂得「這是為你好」。

甚至孩子長大，成家立業，他們仍然保持着這種過度關懷：總是試圖指導孩子如何與同事相處，指導孩子如何談戀愛，甚至插手孩子新房的裝修，孫子孫女的教育……

一個孩子，學會調節自己，適應環境，本身就是他該做的事情，這就是他的分工。孩子再小，也是一個獨立的人。如果他沒有主動求助的話，旁人不應該隨意插手。

　　每個孩子都不傻，都知道餓了就該吃飯，冷了就該加衣，這是人類的本能。也許一時貪玩忘記，但只要餓着凍着幾次，自然就會適應過來。但如果父母過度關注，反倒使他們喪失了適應環境的能力。

　　這樣做的壞處，一是孩子逆反，父母說甚麼，都聽不進去；二是孩子過度依賴家長，長到二、三十歲，仍然無法獨立生活。

　　我們當然提倡助人為樂，提倡團隊協作。然而這一切，都建立在明確分工的前提下。一個團隊，無論是一個企業，一個班級，還是一個家庭，首先要做的並不是互相幫助，而是：

　　保持自己的獨立，認清自己的界限。

《西遊記》裏的神仙都是至高無上的嗎？

《西遊記》裏寫了很多神仙，而且都是大神，比如玉皇大帝、閻王、太上老君、如來佛祖。

玉皇大帝在《西遊記》裏的全稱，是「高天上聖大慈仁者玉皇大天尊玄穹高上帝」，一聽這名字，就透着莊嚴肅穆。再加上金闕雲宮、靈霄寶殿、仙官圍繞、眾神侍從……乖乖不得了，我們只有仰望的份兒。

他是三界主宰，是天意的代表。在道教經典裏，他是「四生慈父」「至道至尊」「三界師」「混元祖」……他的旨意就是天意。他安排你做甚麼，你就不能違抗。這就是「人的命，天注定」。比如，玉皇大帝注定我明天吃羊肉串，那麼我就算是買了烤鴨也會飛掉；玉皇大帝注定我這輩子長得醜，那麼我任何變帥的努力都是白費，或許只有美顏相機能慰撫一下受傷的心。

閻王呢？也是如此，「閻王叫你三更死，誰敢留人到五更」。閻王手裏掌握着生死簿，這是天下所有人類和動物的死亡數據庫。無數根生命條每時每刻都在減少，一旦壽命的餘額耗盡，立即死亡，沒有半分商量的餘地。

太上老君位列三清之一，在道教神譜裏，比玉皇大帝還高。他是「道」的化身，無上法王，萬教之祖。如來佛祖是佛教教主，在《西遊記》裏，是法力至高的存在。

古人，包括今天的很多人，都有這樣的認識：我們的世界，是由玉帝、上帝、天道、真主、神佛……安排好了的。世界的秩序由他們創立，我們只該五體投地，虔心皈依，對他們頂禮膜拜。

然而也可以說，《西遊記》裏一個神仙都沒有。為甚麼這麼說呢？

因為這些神仙在《西遊記》裏，卻是另外一副樣子。

玉帝身為三界主宰，卻沒有甚麼主見，全聽群臣的擺佈，東說向東，西說向西。所以他兩次任命孫悟空官職，都是完全失敗的。

玉帝第一次把孫悟空召上天，任命他為不入流的小官弼馬溫。其實你想想，一個人如果能鬧龍宮、鬧地府，強銷生死

簿，他的本事豈是當個馬夫就罷了的？所以孫悟空沒幹多久，知道自己官職低微，就反下天宮去了。

第二次玉帝雖然封了孫悟空為齊天大聖，卻又聽信許旌陽天師的建議，讓他主管蟠桃園。且不說管果園是不是就比管馬高了些，豈不知猴子專愛吃桃子？不讓他管，還保不準溜進來偷吃；叫猴子做蟠桃園的主管，豈不是「黃鼠狼看雞，越看越稀」？

這位玉帝，平時養尊處優慣了，真的到了關鍵時刻，卻半點兒主意都拿不出來。二郎神把孫悟空捉上天來，玉帝傳令，將孫悟空綁赴斬妖台斬首，誰知道刀砍斧剁，雷打火燒，竟不能傷損孫悟空分毫：

> 那大力鬼王與眾啟奏道：「萬歲，這大聖不知是何處學得這護身之法，臣等用刀砍斧剁，雷打火燒，一毫不能傷損，卻如之何？」玉帝聞言道：「這廝這等，這等，如何處治？」（第七回）

「這等，這等」，這四個字，說明玉帝急得連說話都不利索了。如果不是太上老君把孫悟空領走，放進八卦爐燒煉，玉帝

《偷蟠桃》

簡直是「請神容易送神難」了。

然而這位玉皇大天尊玄穹高上帝，對付不了孫悟空這種狠角色，欺負起平民百姓來，卻有的是辦法。

天竺國鳳仙郡的郡守，用供品祭祀玉帝的時候，和妻子吵起架來。郡守一生氣，推倒供桌，供品灑了一地，就讓狗吃了。恰好這天是臘月二十五，玉帝下凡，看到這一幕，大怒，認為是對自己不敬，命令從此不給鳳仙郡降雨。於是：

> 連年亢旱，累歲乾荒，民田薑（zī，粵音同「之」）而軍地薄，河道淺而溝澮空。井中無水，泉底無津。富民聊以全生，窮軍難以活命。斗粟百金之價，束薪五兩之資。十歲女易米三升，五歲男隨人帶去。城中懼法，典衣當物以存身；鄉下欺公，打劫吃人而顧命。（第八十七回）

這裏說的，完全是災荒時期社會現實，物價騰貴，人民賣兒鬻女。明鄭廉《豫變紀略》卷二記載明崇禎時河南旱災：「米麥斗值錢三千，禾二千七百。人相食，有父食子，妻食夫者。」清《臨潼縣志》記載明泰昌元年大災：「十歲兒易一斗粟。」人們餓得受不了，自然起來造反，打劫吃人。

玉帝為了懲罰鳳仙郡，在披香殿設立了一座米山，一座麵山，一條黃金鏈子。又有一隻小雞在吃米，一條小狗在舔麵，一根蠟燭在燒黃金鏈。玉帝說，得等到雞吃完了米，狗舔完了麵，蠟燭把金鏈燒斷，才給鳳仙郡下雨。

　　這就顯出玉帝的欺軟怕硬了。按理說，郡守祭天不敬，本沒甚麼大不了，就算降下懲罰，懲罰他一個人也就是了，憑甚麼全城百姓都跟着遭殃？就算是懲罰，又何至於三年不下雨？郡守說「三停餓死二停人，一停還似風中燭」，就是說，整個鳳仙郡，因為旱災，餓死了三分之二的人！

　　這些餓死的民眾，被賣的孩子，被吃的男女，只因為郡守一次夫妻口角，這難道都是「四生慈父」「大慈仁者」玉帝的安排麼？

　　玉帝雖然昏庸無能，可是對於排場，卻講究得不得了。孫悟空從八卦爐中跑出來，大鬧天宮，玉帝嚇得去請如來佛祖。如來降伏了孫悟空之後：

　　　　如來佛祖殄滅了妖猴，即喚阿儺、迦葉同轉西方極樂世界。時有天蓬、天佑急出靈霄寶殿道：「請如來少待，我主大駕來也。」佛祖聞言，回首瞻仰。須臾，果見八景

鸞輿，九光寶蓋；聲奏玄歌妙樂，詠哦無量神章；散寶花，噴真香，直至佛前謝曰：「多蒙大法收珍妖邪。望如來少停一日，請諸仙做一會筵奉謝。」（第七回）

剛才還嚇成豆腐渣，仍然忘不了自己的排場，一看天宮太平，轉眼間就「八景鸞輿，九光寶蓋；聲奏玄歌妙樂，詠哦無量神章；散寶花，噴真香」，神氣活現起來了！連如來佛祖都得「回首瞻仰」。這段諷刺，真是入骨三分，不露半點兒痕跡！

這種人，現實生活中也是有的。表面上各種講究排場，然而真實本領，卻未見得有多大。

主管人間生命的閻王，本來也擁有無上的權威，然而見到孫悟空打進地府來，不敢抵擋，竟然嚇得戰戰兢兢地說：「不敢！不敢！想是差人差了。」又說，「上仙息怒。普天下同名同姓者多，敢是那勾死人錯走了也？」

比起天庭來，地府倒是對孫悟空畢恭畢敬。然而這也不對呀。如果閻王是個敬業的官員，他應該先翻一翻生死簿，看一看是不是真的勾錯了人。這是他應該做的事情。

如果確實錯了，應該立即賠禮道歉，把對方送走；如果沒錯，孫悟空屬於暴力抗法，那麼再動武擒拿不遲。就算打不

過孫悟空，也輸得有尊嚴。一看對方來勢洶洶，就嚇破了膽，用「同名同姓者多」來搪塞，連原則都不要了。這種人物，就算是對孫悟空前倨後恭，我也是看他不起的。

太上老君和如來佛祖，在《西遊記》裏，也不是甚麼光彩的角色。這兩位佛道二教的教主，最大特點竟然是小氣。

太上老君的主業是煉丹，煉了幾葫蘆金丹，全被孫悟空偷吃了，心疼得不得了，自此落下了心理陰影，時不時都要提起，五百年過去了還沒消除。

在烏雞國，孫悟空為救國王，上天求取金丹。太上老君見了他，立即警覺起來，一點兒神仙的氣派都沒有了：

> 他見行者來時，即吩咐看丹的童兒：「各要仔細，偷丹的賊又來也。」行者作禮笑道：「老官兒，這等沒搭撒。防備我怎的？我如今不幹那樣事了。」老君道：「你那猴子，五百年前大鬧天宮，把我靈丹偷吃無數，着小聖二郎捉拿上界，送在我丹爐煉了四十九日，炭也不知費了多少。你如今幸得脫身，皈依佛果，保唐僧往西天取經，前者在平頂山上降魔，弄刁難，不與我寶貝，今日又來做甚？」（第三十九回）

堂堂大羅神仙，三清教主，竟然生怕再次被孫悟空偷走仙丹，連丹爐的炭都心疼起來。等到孫悟空說起玩笑話，要「把九轉還魂丹借得一千丸兒」，太上老君更忍不住：

老君道：「這猴子胡說！甚麼一千九，二千九！當飯吃哩！是那裏土塊掇的，這等容易？咄！快去，沒有！」行者笑道：「百十九兒也罷。」老君道：「也沒有。」行者道：「十來九也罷。」老君怒道：「這潑猴卻也纏賬！沒有，沒有！出去，出去！」行者笑道：「真個沒有，我問別處去救罷。」老君喝道：「去，去，去！」這大聖拽轉步，往前就走。老君忽的尋思道：「這猴子憊懶哩，說去說去，只怕溜進來就偷。」即命仙童叫回來道：「你這猴子，手腳不穩，我把這還魂丹送你一丸罷。」行者道：「老官兒，既然曉得老孫的手段，快把金丹拿出來，與我四六分分，還是你的造化哩。不然，就送你個皮笊籬，一撈個罄盡。」那老祖取過葫蘆來，倒吊過底子，傾出一粒金丹，遞與行者道：「止有此了。拿去，拿去。送你這一粒，醫活那皇帝，只算你的功果罷。」

行者接了道：「且休忙，等我嚐嚐看，只怕是假的，莫被他哄了。」撲的往口裏一丟，慌得那老祖上前扯住，一把揪着頂瓜皮，攥（zuàn，粵音同「賺」）着拳頭，罵道：「這潑猴若要嚥下去，就直打殺了！」行者笑道：「嘴臉！小家子樣！那個吃你的哩！能值幾個錢！虛多實少的，在這裏不是？」原來那猴子頦下有嗉袋兒。他把那金丹噙在嗉袋裏，被老祖攥着道：「去罷，去罷！再休來此纏繞！」（第三十九回）

一個人，平時無論多麼一本正經，其本性會在緊急時刻顯現出來，因為不容思考，來不及罩上偽裝。一見孫悟空又來要仙丹，太上老君就處處留心，生怕又被偷去。他還十分吝嗇，孫悟空百般請求，他只給了一粒。當孫悟空把金丹噙在嗉袋裏，假稱吃了。太上老君不知就裏，急得立即現了原形。

作者雖然對如來佛祖好感多一些，仍然忍不住能嘲笑幾句就嘲笑幾句。孫悟空第一次見了如來佛祖，見面禮就是在他手上撒了泡猴尿。等唐僧師徒到了西天，要取真經，如來手下的阿儺、迦葉二尊者竟然索要起賄賂來：

阿儺、伽葉引唐僧看遍經名，對唐僧道：「聖僧東土到此，有些甚麼人事送我們？快拿出來，好傳經與你去。」三藏聞言道：「弟子玄奘，來路迢遙，不曾備得。」二尊者笑道：「好，好，好！白手傳經繼世，後人當餓死矣！」（第九十八回）

「人事」，就是賄賂，而且阿儺、迦葉認為這賄賂是應得的，所以公然索要。唐僧不提防，沒有準備，阿儺、迦葉就把沒字的白紙本子傳給他們。

後來唐僧師徒發現了，回雷音寺找如來評理，如來竟然這樣解釋：

行者嚷道：「如來！我師徒們受了萬蜇千魔，千辛萬苦，自東土拜到此處，蒙如來吩咐傳經，被阿儺、迦葉揅財不遂，通同作弊，故意將無字的白紙本兒教我們拿去，我們拿他去何用？望如來救治！」佛祖笑道：「你且休嚷，他兩個問你要人事之情，我已知矣。但只是經不可輕傳，亦不可以空取，向時眾比丘聖僧下山，曾將此經在舍衛國趙長者家與他誦了一遍，保他家生者安全，亡者超脫，只

討得他三斗三升米粒黃金回來。我還說他們忒賣賤了，教後代兒孫沒錢使用。你如今空手來取，是以傳了白本。白本者，乃無字真經，倒也是好的。因你那東土眾僧，愚迷不悟，只可以此傳之耳。」即叫：「阿儺、迦葉，快將有字的真經，每部中各檢幾卷與他，來此報數。」

二尊者復領四眾，到珍樓寶閣之下，仍問唐僧要些人事。三藏無物奉承，即命沙僧取出紫金缽盂，雙手奉上道：「弟子委是窮寒路遠，不曾備得人事。這缽盂乃唐王親手所賜，教弟子持此，沿路化齋。今特奉上，聊表寸心。萬望尊者不鄙輕褻，將此收下，待回朝奏上唐王，定有厚謝。只是以有字真經賜下，庶不孤欽差之意，遠涉之勞也。」那阿儺接了，但微微而笑。被那些管珍樓的力士，管香積的庖丁，看閣的尊者，你抹他臉，我撲他背，彈指的，扭唇的，一個個笑道：「不羞，不羞！需索取經的人事！」須臾把臉皮都羞皺了，只是拿着缽盂不放。（第九十八回）

如來不僅沒有懲罰二尊者，甚至還為他們開脫，舉出收錢的先例來，怕「後代兒孫沒錢使用」。在如來的庇護下，索賄依然公行，還是唐僧把紫金缽盂交了出來，二尊者「臉皮都羞

皺了，只是拿着缽盂不放」。若沒有這個唐太宗送的缽盂，師徒們一路上的千辛萬苦就化為烏有了。

所以，《西遊記》雖然寫了那麼多神仙，但是天上地下，沒有一個神聖的力量，主管着宇宙的秩序。所有的神仙，都是世俗中人，只不過有個神仙的頭銜而已，該昏庸還是昏庸，該卑弱還是卑弱，該小氣還是小氣，該貪財還是貪財。

神仙，其實就是人間社會的投影。人間的很多大人物，其實也只是頂了一個嚇人的頭銜而已。

本科畢業的時候，有一個親戚勸我，要考公務員，要做官。

我問他：「為甚麼要做官呢？」

他說：「做官好得很，有地位，有權勢，有吃有喝。」

我說：「那你有本事做就做吧，這樣的官，給我做也不做。」

當然，官員裏也有人品高潔的，平頭百姓裏也有卑鄙下作的。然而《西遊記》告訴我們，甚麼金碧輝煌，星辰燦爛，玉簪朱履，紫綬金章，都不是評定人高下的標準。許多國人，不看重一個人的人格，卻喜歡膜拜權威，見了大人物，腿發抖，腰發軟，這樣的人，實在應該去看看《西遊記》。

《西遊記》裏到底誰最厲害？

　　《西遊記》裏的各種各樣的神仙、妖怪，各自有各自的本領。那麼，他們之間誰最厲害呢？應該說，這是小朋友們最喜歡討論的一個話題了。

　　當然，《西遊記》的如來佛祖，法力無邊，是相當厲害了，他曾經出手降伏過孫悟空、六耳獼猴、大鵬精等眾多厲害妖怪。然而還有一些沒怎麼出過手的，也似乎不能小看，比如孫悟空的師父須菩提祖師，就是一個神祕莫測的人物。他本領到底多高，誰也不知道。五莊觀的鎮元大仙，能輕輕巧巧地把師徒四人裝在袖子裏，看來也不含糊。太上老君可能單打獨鬥不行，但他有一個金剛琢，連如來佛祖的法寶金剛砂都被套了去。若說鬥法寶，如來佛祖倒是輸了太上老君一着了。

　　還有的朋友問：玉皇大帝到底厲不厲害？如果厲害，怎麼

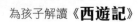

他的天宮被孫悟空打個稀巴爛？如果不厲害，怎麼那麼多神仙都服他管？

不僅這個「修成正果」的天神、佛祖層級誰更厲害討論不清楚，低一個檔次，像孫悟空這樣的「妖仙」、妖怪，誰更厲害好像也沒有甚麼答案。按理說，孫悟空作為第一主角，肯定是非常厲害，但是他也經常吃敗仗。先不說他是二郎神親手捉到天庭的，就是西天路上，黃風怪、紅孩兒、青牛精、大鵬精、黃眉怪、蠍子精……都曾打敗過他。

然而如果戰勝了孫悟空，就可以算比孫悟空厲害，那麼又會推出另外一個令人哭笑不得的結論：蠍子精還蜇過如來佛祖的手，如來佛祖也奈何他不得，就是觀音菩薩，也制伏不了她。難道蠍子精是《西遊記》裏最強的人物，比佛祖和觀音菩薩還厲害？原著這樣說：

> 菩薩道：「這妖精十分利害。他那三股叉是生成的兩隻鉗腳。扎人痛者，是尾上一個鉤子，喚做倒馬毒。本身是個蠍子精。他前者在雷音寺聽佛談經，如來見了，不合用手推他一把，他就轉過鉤子，把如來左手中拇指上扎了一下。如來也疼難禁，即著金剛拿他。他卻在這裏。若要

救得唐僧，除是別告一位方好。我也是近他不得。」行者
再拜道：「望菩薩指示指示，別告那位去好，弟子即去請
他也。」菩薩道：「你去東天門裏光明宮告求昴日星官，方
能降伏。」（第五十五回）

原來昴日星官是蠍子精的克星，那麼可以說昴日星官比佛
祖、觀音還厲害嗎？

然而那又不對了啊，昴日星官是二十八宿之一，孫悟空能
輕易打敗二十八宿啊！

那麼到底誰最厲害呢？我也糊塗了。

其實，除了蠍子精，其他的妖怪，情況也都類似。有的是
依靠特殊的法術，如黃風怪會噴黃風，紅孩兒會噴三昧真火；
有的是依靠特殊的法寶，比如黃眉怪依靠人種袋、青牛精依靠
金剛琢，沒了這些法寶、法術，能力就大打折扣。一個十歲的
孩子，拿一把手槍，也能輕易打死一個成年人。這就看要不要
把手槍算在他的本領裏了。

所以說，評比誰最厲害，總要有一個標準。比如遊戲裏
面，誰最厲害，經常是靠血量多少（HP）、法力值多少（MP）
來衡量，多的就厲害。然而這些並不適用於《西遊記》。而且

《西遊記》本身，除了武藝可以比一比之外，別的也很難比較。比如說，讓紅孩兒和賽太歲對着放火，很難說誰能贏。

所以說，很難給《西遊記》裏的神仙妖怪做一個詳盡的排名，但是大致來說，《西遊記》中擁有超能力者可以分四個檔次：

一流：如來佛祖、須菩提祖師、太上老君、鎮元大仙、觀音菩薩等。

二流甲組（武力為主，變化為輔）：孫悟空、牛魔王、二郎神、大鵬精、黑熊怪、九頭蟲等。

二流乙組（特殊能力、法寶為主）：黃風怪、蠍子精、黃眉怪、紅孩兒、青牛精、金角銀角、鐵扇公主、賽太歲、蜈蚣精、老鼠精（依靠無底洞）等。

三流：豬八戒、沙和尚、黃袍怪、假烏雞國王、大蟒精、豹子精、蜘蛛精、小鼉龍、鯉魚精、比丘國丈、玉兔精等。

四流：樹精、眾小妖。

為甚麼把二流神仙妖怪分成兩組，是因為按照《西遊記》的邏輯，武力和變化，幾乎是每一個神仙妖怪都可以習得的，具有普遍性；而特殊的能力、法寶，卻總有僥幸的成分在，要麼就是從主人那裏偷來的，要麼就是天生具有這方面的特徵，

如蠍子會蜇人、老鼠會打洞。

所以，即便是乙組的各路神魔都很厲害，但總比甲組的差了一些。這就好比電鰻、眼鏡蛇、箱形水母等都可以致人死命，但我們從來不認為牠們是動物界的霸主。

這裏面有幾個重要的妖精，沒有列入表格，他們是：

車遲國三位大仙、六耳獼猴、九頭獅子，以及玄英洞三隻犀牛精。

沒有列入的原因是，他們的出現，承載着作者更深層次的寫作意圖，或者側重歷史，或者側重哲理，或者側重文化背景。在這幾個故事裏，比較誰厲害，並不是一件重要的事情。

車遲國三位大仙，沒有和孫悟空正面交鋒過，談不上多厲害。因為作者創作這一段，目的也不是展現孫悟空多麼能打，而是有深刻的時代背景。

我們在前文中說過，《西遊記》是一部積累了幾百年的作品，元代的西遊故事裏，就有類似車遲國的故事，只是當時還沒有虎力、鹿力、羊力三位大仙，而是一個燒金子道人和一個叫鹿皮的徒弟。

這段故事記載在當時的一本朝鮮人學漢語的教科書《林通事諺解》裏。從中可以看出，後來的坐禪、隔板猜物、油鍋洗

澡、砍頭等情節，那時都已經有了。今天的《西遊記》只不過增加了一位大仙，增加了一個比求雨、一個比剖腹挖心的情節而已。

為甚麼在元代會有這樣的故事呢？因為元代的佛教和道教鬥爭得非常激烈。當時道教全真派勢力很大，幾乎遍佈中國；而佛教又要擴張，於是雙方起了衝突，於 1255、1256、1258、1281 這四個年份，舉行了四次佛道大辯論。

其中，以 1258 年春天，在開平府大安閣舉行的佛道大辯論為最激烈。這也是中國歷史上規模最大、規格最高、影響最為深遠的一場宗教辯論會。

辯論結果，佛教勝出，道教徹底失敗。許多道教徒被迫剃去頭髮，改作僧人，大量道教經典被認為是「偽經」燒毀，一些道教宮觀改作佛寺。

元代的西遊記故事，正好產生於這個時期，當然會在裏面反映佛道鬥爭的情況。這裏面佛教勝，道教敗，恰恰是當時論法的真實寫照。

所以，車遲國三位大仙的故事，作者的側重點在於反映歷史，而不在於寫孫悟空的武藝高強。不列入這個排名榜自然是情有可原了。

其次，六耳獼猴和九頭獅子，作者寫這兩個故事，實際上寓言的成分更大。六耳獼猴是孫悟空「二心」的比喻，象徵着孫悟空在取經過程中心靈發生了分裂。所以，討論六耳獼猴和孫悟空誰厲害是沒有甚麼意義的。正如討論「鷸蚌相爭，漁翁得利」裏的鷸和蚌誰更厲害一樣沒有意義。關於六耳獼猴的故事，我們在本書內會有專章解讀。

　　九頭獅子也是如此，玉華州的九頭獅子看似非常厲害，只要輕輕一叼，就可以把孫悟空叼走，本領幾乎和鎮元大仙差不多。然而作者很明確地提出，招惹出一堆獅子怪的原因是：「因你欲為人師，所以惹出這一窩獅子來也。」玉華州的三個小王子，拜了孫悟空兄弟三人為老師。「師」和「獅」同音，古代「獅子」就寫成「師子」，所以這個故事更像是一個寓言。

　　另外還有學者認為，如果這段故事的作者是吳承恩的話，那麼這段描寫和他的經歷很相符：他在當時的荊王府做過事情，還當過荊王府小王子的老師。如果這個推測是正確的，那麼這段故事也可以說是吳承恩的自況，他把自己的親身經歷寫進了《西遊記》。那麼，這段故事的側重點又在於歷史了。

　　最後一個，是玄英洞的三隻犀牛精。這三隻犀牛精分別叫辟寒大王、辟暑大王、辟塵大王。很奇怪的是，他們既沒有厲

害的法寶，又沒有特別的法術，在西天路上一點兒名聲都沒有，而孫悟空竟然打他們不過。

> 孫行者一條棒與那三個妖魔鬥經百五十合，天色將晚，勝負未分。只見那辟塵大王把扢撻藤閃一閃，跳過陣前，將旗搖了一搖，那伙牛頭怪簇擁上前，把行者圍在垓心，各輪兵器，亂打將來。行者見事不諧，唿喇的縱起筋斗雲，敗陣而走。（第九十一回）

這敗得也太沒品了，和三個大王打到晚上都勝負未分，加上些小妖就敗了？

孫悟空回去後，叫來了豬八戒、沙和尚，然而，仍然打不過三隻犀牛。

這就更不應該了：孫悟空戰三個大王尚且能打平，何以加上豬八戒、沙和尚仍然是打平？等於豬、沙二人沒起任何作用。

雖然說古代小說不大像今天的小說那麼注意戰力的平衡，但像玄英洞這一回還真少見。

最後，還要去天上請二十八宿的「四木禽星」前來收伏犀牛精，要知道，這四木禽星，可是當年孫悟空的手下敗將啊。

其實玄英洞的這一段，與其說是在寫故事，不如說是在寫知識，寫文化。這裏涉及一個隱藏的知識：禽星術。

我們現在已經不知道「禽星術」是甚麼東西了，這是古代的一種算命術，在明代很流行。將二十八種動物分為四組，再和七曜、二十八宿相配，就可以配出二十八個名字。將這二十八宿通過一定的規則，來配年月日時。不同的年月日時，又預示着不同的吉凶。不同的人，出生於不同的年月日時，可以配不同的星宿。而每年每月每日每時都有不同的星宿當值，通過分析它們的生剋關係，就可以推斷出吉凶。

當然，誰剋誰，都是一種規定，就像十二星座吉凶的各種規定一樣。四木在禽星術中與牛相剋，也是一種規定。例如明佚名《演禽通纂》卷下載「牛見狼驚」，《禽星易見·禽星吞啖》「角亢吞危並食牛」等都是這樣的。這裏的角指「四木」裏的「角木蛟」，狼指「四木」裏的「奎木狼」。其餘兩個，「井木犴」「斗木獬」也有類似的特性。

所以，玄英洞這一回，作者就沒把精力放在寫打戲上，所以連基本的武力平衡也沒有心思維護了。這同時也告訴我們，一部經典著作，永遠是非常複雜的，絕不能以一個標準、一種眼光去看待它。

烏雞國故事與《哈姆雷特》有甚麼關係？

接下來，我們講幾個《西遊記》裏好玩的故事，以及這些故事背後的故事。

唐僧經過烏雞國，救活了國王，並且揭穿了假冒國王的獅子精。這個故事非常精彩，梗概是這樣的：

唐僧師徒四人來到烏雞國，在寶林禪寺借宿。忽然晚上一陣陰風，一個鬼魂出現在唐僧面前，對唐僧說：「我是烏雞國王的鬼魂，五年前大旱，一個道士呼風喚雨，解了旱情。我就和他結為兄弟。不料在御花園，他趁我不注意，將我推入井中淹死。他變作我的模樣，佔了江山。求你們師徒為我報仇。」次日國王的太子出獵，孫悟空將他引到寺中，變化了一個名叫「立帝貨」的小人兒，告訴他真相。太子就回城面見皇后，皇后也說夜來得了國王託夢，加上太子一問，母子才恍然大悟，

現在的國王是假的。孫悟空和豬八戒趁夜潛入御花園，打撈出國王的屍體，並從太上老君處求來仙丹，救活了他。次日師徒帶真國王來到金殿，雙方對質。原來假國王是文殊菩薩的獅子精。文殊菩薩現身，將牠收走。

這段故事有意思之處在於它和一個外國的著名故事非常像，這就是莎士比亞的《哈姆雷特》。

比如說：

一、講的都是王子的復仇。

二、烏雞國國王是被他的結拜兄弟害死的，《哈姆雷特》裏的老國王也是被他兄弟克勞狄斯害死的。

三、烏雞國故事是從烏雞國國王的鬼魂向唐僧訴冤開始的，《哈姆雷特》是從老國王的鬼魂向王子訴冤開始的。

四、烏雞國國王是在御花園被害死的，《哈姆雷特》的老國王也是在御花園被害死的。是老國王在花園休息的時候，克勞狄斯溜進來，把一瓶毒汁灌進了老國王的耳朵。

五、烏雞國的道士殺了義兄之後，就佔了王宮內院，還和王后同居了三年；《哈姆雷特》裏克勞狄斯殺了兄長後，也是霸佔了王后。

六、王子和皇后都有一次重要的私下交談。烏雞國的母子

交談發生在後宮，《哈姆雷特》的母子交談也發生在後宮。

七、《哈姆雷特》裏揭露克勞狄斯罪行的，是四五個外來的演員。哈姆雷特說：

> 「我要叫這班伶人在我的叔父面前表演一本跟我的父親的慘死情節相仿的戲劇，我就在一旁窺察他的神色；我要探視到他的靈魂的深處，要是他稍露驚駭不安之態，我就知道我應該怎麼辦。」

這些演員就演了一齣再現克勞狄斯罪行的劇，唸了一大段韻文。果然，克勞狄斯看了劇後大吃一驚，立即站起來說：「不要演了！」

烏雞國揭露假國王罪行的，也是一群外來人，只不過是和尚，唐僧師徒是四人，算上真國王正好五個！在寶殿上，孫悟空也對假國王唸了一首韻文，這一段也再現了假國王的罪行，假國王聽後也是大吃一驚，「心頭撞小鹿，面上起紅雲」，同樣站起身來，就要逃跑。

八、兩部名著問世的時間也幾乎同時（《哈姆雷特》略晚了幾年）。

咦，難道這兩個故事真的有關係？誰抄誰的？隔着這麼遠，當時又沒有電話、網絡。其實談不上誰抄誰。因為我們知道，《西遊記》這部書，裏面保存了各種民間故事，有的甚至非常早，並不一定是百回本《西遊記》的作者原創的。

　　而哈姆雷特的故事梗概，也不是莎士比亞原創的，而是早就流傳在民間的傳說。

　　1570 年，也就是《哈姆雷特》問世二十多年前，出版於巴黎的一部書《悲劇故事集》，就記述了一個王子復仇的完整故事，作者是法國作家貝爾弗萊。這個故事和莎士比亞的雖然不太一樣，但如弟弟殺哥哥，王子見母后，王子最終復仇等一系列情節，已經基本完善了。

　　而且，《悲劇故事集》雖然出版於 1570 年，但這個王子復仇的故事，起碼在歐洲已經流傳了二、三百年了。

　　也就是說，烏雞國故事和王子復仇記故事，很可能擁有同一個故事來源，只是在不同的民族和國家，變了主人公和細節而已。

　　東西方共有一個故事來源，這事並不罕見。最著名的就是灰姑娘的故事。大多數人只知道《灰姑娘》故事出自十九世紀的格林童話，其實這也是一個世界性的民間故事，格林兄弟只

是按照這個故事在歐洲流傳的版本整理了一下而已。

中國也有灰姑娘故事,而且,這個故事,最早被唐代段成式的《酉陽雜俎》記載,比格林兄弟早了一千多年!

這個故事是這樣的:

從前,有一個叫葉限的姑娘,從小聰明能幹,但繼母對她百般虐待。葉限有一條心愛的魚,繼母就把魚殺了。葉限得到神人指點,將魚骨藏在屋中,想要甚麼,向魚骨祈求,眼前就會出現甚麼。在一次地方的節日活動中,葉限穿着一雙金鞋去參加,被繼母和繼母生的女兒發現了,葉限倉促逃離,丟下一隻金鞋。國王得到了金鞋,就下令讓所有的女子試穿,終於找到了葉限。壞繼母和那個壞妹妹,被飛石擊中而死。

你看,這個故事豈不和《格林童話》的灰姑娘的故事一模一樣?實際上,這還不是最早的,這個故事的祖先,以及祖先的祖先,以及祖先的祖先的祖先,可以追溯到兩千多年前!不同的民族,會用不同的方式講述這個故事。

所以說,在當時,全世界範圍內,很可能一直流傳着王子

復仇的故事。這是一個故事類型，而不是一個單個的故事。這個王子的名字是哈姆雷特，是烏雞國太子，還是別的甚麼彼得、湯姆都可以，故事主線卻是固定的。

我們和西方的交流，從來就沒有斷過。宋代的泉州商人、元代的蒙古西征、明代的鄭和下西洋和傳教士來華，都帶來了文化的大交流。這種故事跑來跑去，並不稀罕。特別是明代，有許多天主教傳教士來中國傳教。在傳教過程中，把西方的傳說故事帶到中國，是完全可能的。

其實，很多人認為《哈姆雷特》是一部多麼崇高的經典。其實甚麼《西遊記》啦、《哈姆雷特》啦，首先都是本民族接地氣的好聽故事，磨了好久好久，才逐漸被捧成了高大上的文學。我們習慣了教科書的宣傳，反倒容易和這些作品產生隔閡，而不能平等地和它們對視。如果我們想真正擁有欣賞偉大著作的能力，應該和交朋友一樣，首先是應該學會和它們平視，而不是仰視的膜拜和俯視的批判。

當然，烏雞國的故事，風格畢竟是中國化的，和莎士比亞的《哈姆雷特》也有很大的不同。

《哈姆雷特》是一部大悲劇。這裏面，有哈姆雷特與奧菲莉亞的愛情悲劇，原本純潔的愛情由於多種原因，最終凋零；

哈姆雷特也最終與奧菲莉亞的兄長雷歐提斯決鬥，身中毒劍而死。他留下的「生存還是毀滅，這是一個問題」，也成了歐洲文學史上的經典一問。

而烏雞國的故事，卻充滿了喜劇色彩。孫悟空雖然志在幫國王報仇，卻處處舉重若輕，甚至捉弄豬八戒，讓他到王宮的八寶琉璃井裏打撈國王屍體。兄弟兩個鬥嘴，這些我們在前面都講過。

然而，喜劇並不等於膚淺地嘩眾取寵，粗俗搞笑，而是把一些虛偽的東西撕破給人看。這種諷刺和批判，貫穿了整個故事始終。

最開始的時候，作者就把寶林禪寺的僧官大大取笑了一把。

按佛教規矩，寺院只要是有條件，都應該免費留宿雲遊僧人，因為寺院是所有佛教徒的共同財產。然而這是皇家寺院，主管和尚也有一官半職。僧官見慣了達官貴人，道行不怎麼樣，卻養成了一雙勢利眼。唐僧初進寺院求宿，僧官的嘴臉是這樣的：

　　　　那道人急到方丈報道：「老爺，外面有個人來了。」那僧官即起身，換了衣服，按一按毗盧帽，披上袈裟，急開

門迎接，問道人：「那裏人來？」道人用手指定道：「那正殿後邊不是一個人？」那三藏光着一個頭，穿一領二十五條達摩衣，足下登一雙拖泥帶水的達公鞋，斜倚在那後門首。僧官見了大怒道：「道人少打！你豈不知我是僧官，但只有城上來的士夫降香，我方出來迎接。這等個和尚，你怎麼多虛少實，報我接他！看他那嘴臉，不是個誠實的，多是雲遊方上僧，今日天晚，想是要來借宿。我們方丈中，豈容他打擾！教他往前廊下蹲罷了，報我怎麼！」抽身轉去。(第三十六回)

這僧官一聽有人來，就「按一按毗盧帽，披上袈裟，急開門迎接」，這自然是迎接慣了達官顯貴的樣子。誰知見了唐僧這個窮和尚，立即一百八十度大轉彎，口口聲聲罵着雜役道人，稱自己「我是僧官」，竟然叫唐僧「往前廊下蹲罷了」。

唐僧受了委屈，退出之後，孫悟空進去一陣大鬧，把僧官嚇得率眾列隊迎接：

眾僧卻又禮拜，三藏道：「院主請起，再不必行禮，作踐貧僧。我和你都是佛門弟子。」僧官道：「老爺是上國

欽差，小和尚有失迎接。今到荒山，奈何俗眼不識尊儀，與老爺邂逅相逢。動問老爺，一路上是吃素，是吃葷？我們好去辦飯。」（第三十六回）

又是個一百八十度大轉彎，前面還是「看他那嘴臉，不是個誠實的」，轉眼間就「俗眼不識尊儀」了！

而且最有意思的是，佛門戒葷腥，甚至禁止將酒肉帶入山門。僧官為了巴結唐僧，居然問吃素還是吃葷！這真是不動聲色的絕妙諷刺。難道若唐僧真的回答愛吃葷，寺裏就真的能辦出一桌雞鴨魚肉來嗎？這當然是以小人之心，度君子之腹，以為吃葷比吃素待遇好。想來這僧官平時在寺裏，也是公然大魚大肉地吃喝了！

而且僧官這樣勢焰薰天，下面的和尚卻一個個窮得沒衣服穿，當他們出去迎接唐僧師徒的時候，作者又不動聲色地寫他們的可憐窘態：

那眾和尚，真個齊齊整整，擺班出門迎接。有的披了袈裟，有的着了偏衫，無的穿着個一口鐘直裰。十分窮的，沒有長衣服，就把腰裙接起兩條披在身上。行者看見道：

「和尚，你穿的是甚麼衣服？」和尚見他醜惡，道：「爺爺，不要打，等我說。這是我們城中化的布。此間沒有裁縫，是自家做的個一裹窮。」（第三十六回）

寶林禪寺再窮，也是王室的專用寺院，怎麼可能窮到這副樣子！可見底層和尚們的赤貧，除了僧官的剋剝欺壓，很難找到其他解釋。

僧官只是一個卑微得不能再卑微的人物，然而寥寥幾筆，一個勢利逢迎、陽奉陰違、利慾薰心的形象就立起來了。

故事演到最後，獅子精走投無路，被文殊菩薩收伏，大家都覺得已經大功告成，長出一口氣，然而還有最後一個問題沒有解釋：獅子精為甚麼謀害國王？又為甚麼假冒國王，坐了三年龍位？牠到底圖個甚麼呢？

作者在最後揭開了謎底：

行者道：「菩薩，這是你坐下的一個青毛獅子，卻怎麼走將來成精，你就不收服他？」菩薩道：「悟空，他不曾走，他是佛旨差來的。」行者道：「這畜類成精，侵奪帝位，還奉佛旨差來。似老孫保唐僧受苦，就該領幾道敕

書！」菩薩道：「你不知道；當初這烏雞國王，好善齋僧，佛差我來度他歸西，早證金身羅漢。因是不可原身相見，變做一種凡僧，問他化些齋供。被吾幾句言語相難，他不識我是個好人，把我一條繩捆了，送在那御水河中，浸了我三日三夜。多虧六甲金身救我歸西，奏與如來，如來將此怪令到此處推他下井，浸他三年，以報吾三日水災之恨。一飲一啄，莫非前定。今得汝等來此，成了功績。」行者道：「你雖報了甚麼一飲一啄的私仇，但那怪物不知害了多少人也。」菩薩道：「也不曾害人，自他到後，這三年間，風調雨順，國泰民安，何害人之有？」（第三十九回）

烏雞國王一條人命，烏雞國宮廷變亂，烏雞國王后和太子的家庭悲劇，孫悟空一通上天下地折騰，竟然拜文殊菩薩公報私仇之所賜，而且，是經過如來佛祖同意的！還是趁烏雞國大旱的時候，獅子精假變道士，騙取了國王的信任，這和趁火打劫有甚麼區別？這樣的佛祖、這樣的菩薩，還有甚麼神聖可言？

而且，前面我們聊到道教祖師太上老君捨不得金丹，也出自這一回。《西遊記》只在此輕輕兩筆，就如金箍棒一樣，把某些受到頂禮膜拜的東西稀里嘩啦地打碎了。

為甚麼唐僧又叫江流兒？

和烏雞國故事一樣，唐僧的出身故事，也是經歷了漫長的時間形成的。

《西遊記》裏的唐僧故事是這樣的：

海州書生陳光蕊考中狀元，跨馬遊街的時候，正好趕上丞相殷開山的女兒殷小姐拋繡球招夫。繡球打中了陳光蕊，二人結為夫妻。不久，陳光蕊攜老母及殷夫人到江州上任。老母途中生病，陳光蕊將其安頓在客棧中養病，繼續趕路。誰知路過洪江時，水賊劉洪殺害了陳光蕊，將其屍體扔到水中，幸而被江中龍王保存。龍王又將陳光蕊魂魄留在水府。

劉洪霸佔了殷夫人。殷夫人因為身懷有孕，只得屈從。劉洪遂冒陳光蕊之名，帶殷夫人到江州上任。不久殷夫人產下一子，怕劉洪殺害，將嬰兒拋入江中。嬰兒漂到金山寺，幸得長

老法明和尚救起，取名玄奘，將他撫養長大。玄奘長到十八歲，尋到母親，母子相認。玄奘又尋到祖母，治好了祖母的病。玄奘到京城，將此事告知外祖父殷開山。殷開山發兵到江州，擒獲劉洪正法。此時龍王得知，使陳光蕊還魂，放出水面，一家三口團圓。

其實歷史上玄奘法師的父親，並不叫陳光蕊，而是叫陳慧，也並沒有甚麼中狀元、水府還魂的事跡。《西遊記》裏的唐僧故事，其實仍然是典型的民間故事；而且，不止一個類型，而是「赴任遇盜」型故事和「棄子」型故事的結合體。既然叫「類型」，就像我們上一節說的「灰姑娘」故事那樣，主角在歐洲叫灰姑娘，在中國叫葉限，在別的民族可能又叫別的甚麼，但故事主線是不變的。

民間廣泛流傳着一種「赴任遇盜」型故事，比如唐代的《原化記》，記載了這樣一個故事：

唐天寶年間，榮陽有個姓崔的書生（姑且喊他崔生），考上了進士，任吉州大和縣尉。崔生的老娘戀土難遷，於是崔生帶着夫人王氏和金銀數十萬，雇吉州孫甲的船，由水路赴任。孫甲見財起意，把崔生推落水中淹死，謀了他

的錢財，又逼迫王氏就範。這時王氏已經懷了崔生的孩子，不得已忍辱偷生，也無法送信回家。幸而孩子出生後，孫甲很喜歡，待他不錯。王氏夫人也就不敢提起前事。

二十年後，小崔進京趕考，晚上走到一個地方迷了路，忽然看見前面有一團火光引路。小崔跟着火光走進了一戶人家，這就是崔生的老家！老太太還健在，見小崔長得和崔生一模一樣，大吃一驚，但她哪裏想得到這就是親孫子，只當是巧合。崔母想起兒子兒媳失聯二十年，不由放聲痛哭，就把崔生的一件舊衣服送給小崔，當作留念。

小崔進京之後沒考上，回到家裏。王氏夫人一見衣服，大吃一驚，忙問這衣服是從哪裏來的。小崔如實相告，母子抱頭痛哭。兩人立即到衙門告狀，官府把孫甲緝拿歸案，沉冤昭雪。但是依法，王夫人應該早點兒告官。這麼晚才告，也有罪名。幸而小崔苦苦哀告，才得以免罪。

原文很長，這是梗概。我們看，這裏陳光蕊故事的基本情節，已經具備了。

唐代溫庭筠的《乾䲀子》中有另一個類似的故事，兩個故事，只是主角不同，情節都是一樣的：都是說一位官員帶夫

人上任，這位夫人要麼身懷有孕，要麼兒子還小。路上官員被賊人害死。夫人忍辱偷生，兒子長大成人，才報了仇。

唐僧作為《西遊記》中僅次於孫悟空的重要人物，自然也應該有精彩的出身故事。大概因為這些復仇的故事在唐代廣為流傳，就被安到唐僧頭上了。

然而，唐僧出身故事更複雜的地方是，這裏面還夾雜了另外一個故事類型。這個故事的主要情節在《西遊記》裏是這樣寫的：

　　小姐暗思：「此子若待賊人回來，性命休矣！不如及早拋棄江中，聽其生死。倘或皇天見憐，有人救得，收養此子，他日還得相逢……」但恐難以識認，即咬破手指，寫下血書一紙，將父母姓名、跟腳原由，備細開載。又將此子左腳上一個小指，用口咬下，以為記驗；取貼身汗衫一件，包裹此子，乘空抱出衙門。幸喜官衙離江不遠。小姐到了江邊，大哭一場。正欲拋棄，忽見江岸岸側飄起一片木板，小姐即朝天拜禱，將此子安在板上，用帶縛住，血書繫在胸前，推放江中，聽其所之。小姐含淚回衙不題。

　　卻說此子在木板上順水流去，一直流到金山寺腳下停

住。那金山寺長老叫做法明和尚，修真悟道，已得無生妙訣。正當打坐參禪，忽聞得小兒啼哭之聲，一時心動，急到江邊觀看。只見涯邊一片木板上，睡着一個嬰兒，長老慌忙救起。見了懷中血書，方知來歷。取個乳名，叫做江流，託人撫養，血書緊緊收藏。（第九回）

所以，唐僧還有個小名叫「江流兒」，這就是一個典型的「棄子」故事類型。

這種故事，說的是一個孩子，剛生下來就被丟棄，或是順水漂走，或是流落山林，後來被某人收留，撫養長大，成長為一位偉大人物。

這種故事也是全世界性的，最有名的，莫過於《聖經》裏的先知摩西。摩西這個名字，在希伯來語中的意思，就是「從水裏拉上來」。翻譯成漢語，正相當於「江流兒」。

埃及法老迫害猶太人，強迫他們將出生的男孩丟到河裏。摩西出生後，父母先是把他藏起來，後來藏不住了，只好將他放在一個蒲草箱裏，外面抹上石漆和石油，丟到尼羅河中。後來這孩子被來洗澡的埃及公主發現，將他收留，撫養成人。摩西長大後，成了猶太人的英雄，帶領受迫害的猶太人逃離埃及。

兩河流域還有蘇美爾文明的薩爾貢王的故事，巴比倫文明的吉爾伽美什的故事，和摩西的故事幾乎一樣，都是孩子生下來後，被裝在一個草籃子裏，順水漂走。

在中國同樣流傳着周王朝始祖「棄」的故事。他生下來後，被扔到巷子裏、野外和寒冰上，結果都被動物保護，沒有死。長大後，成了周民族的始祖。

甚至岳飛的出身故事也與此類似，儘管有些變形。在《說岳全傳》裏，岳飛剛出生不久，家鄉就遭遇大洪水。岳飛的母親抱着他坐在一個蓮花缸裏，順水漂流到麒麟村，被當地富戶王員外所救。

看多了這種故事，你就會發現：越是偉大人物，在故事裏越要折騰他，讓他生下來就四處漂泊，嘗盡辛苦，然後才把最輝煌的成就、最崇高的榮耀，加在他的身上。沒有誰特意寫這些故事，但這種故事在不同的時代、不同的民族竟然不約而同地存在着。這正說明，人類對英雄人物的感情是共通的，對成功的認識是共通的。

和唐僧有關係的故事，基本就是這些。然而這些故事，正說明了《西遊記》的民間性。

《西遊記》的成書是民間的。是幾百年積累而來的。是由

許多不知名的民間作者創作疊加的。並不是一位天才的作家一口氣寫成的。

另外，《西遊記》的故事也是民間的。《西遊記》中很多故事，是從民間故事改編來的。民間故事和作家坐在家裏編出來的故事完全不同。民間故事的傳承是口頭的，是靠模式化傳承的──只要故事好聽，就會把不同的主人公代入進去，一講再講。所以陳光蕊這個故事一變再變，主人公可以姓崔，可以姓陳；可以寫進唐代人的著作，也可以編進明代人的小說。

最後要說的是，我們今天通常看到的《西遊記》，是明代萬曆年間南京世德堂的百回本。而這個版本裏，不知為甚麼，缺了唐僧的出身故事。所以現代的出版社，都習慣把明代《西遊記》另外一個版本（學界稱「朱本」）裏的唐僧故事移過來，作為附錄，插在取經故事之前，這樣才能保證整部《西遊記》的故事是完整的。

荊棘嶺的樹精為甚麼會寫詩？

　　《西遊記》中有一群特殊的妖怪，他們不吃人，還很有文化，這就是荊棘嶺的幾位樹妖。這幾位樹妖雖然沒有甚麼本事，卻也有不凡的來歷。

　　唐僧路上遇到一座大山，叫荊棘嶺。荊棘遍地，無法行走。幸虧豬八戒變得又高又大，用釘鈀摟開路徑。走了一夜，到了一座土地廟，遇到了假扮土地的松樹精，松樹精把唐僧攝到了木仙庵：

　　　　卻說那老者同鬼使，把長老抬到一座煙霞石屋之前，輕輕放下。與他攜手相攙道：「聖僧休怕，我等不是歹人，乃荊棘嶺十八公是也。因風清月霽之宵，特請你來會友談詩，消遣情懷故耳。」（第六十四回）

這老人為甚麼自稱「十八公」呢？難道一共有十八個老頭，或者他排行第十八？都不是，這是一個字謎。「十八公」，合起來是個「松」字。這原本是個三國時期的故事：

　　三國時有個吳國人丁固，夢見肚子上長出一株松樹，對人說：「『松』字可拆為『十八公』三字。過十八年，我應當被封為公。」後來果然做了司徒，司徒是古代重臣「三公」之一。

　　然後，十八公又介紹了其餘的三個樹精，自報家門，一個叫「孤直公」，一個叫「凌空子」，一個叫「拂雲叟」，十八公自號「勁節」。這又是幾個謎語，都是根據相關的古詩詞編出來的：

　　李白《古風》其十二：「松柏本孤直，難為桃李顏。」所以柏樹精號「孤直公」。

　　蘇軾《王復秀才所居雙檜二首》其一：「凜然相對敢相欺，直幹凌雲未要奇。」所以檜樹精號「凌空子」。

　　杜甫《嚴鄭公宅同詠竹》：「但令無剪伐，會見拂雲長。」所以竹精號「拂雲叟」。

　　南朝梁詩人范雲《詠寒松》詩：「凌風識勁節，負霜知真心。」所以松樹精號「勁節」。

　　然後他們開始作詩了，各自作詩一首，句句都是講的關於自己的典故，相當於一首謎語。比如松樹精十八公的這首：

勁節孤高笑木王，靈椿不似我名揚。

山空百丈龍蛇影，泉沁千年琥珀香。

解與乾坤生氣概，喜因風雨化行藏。

衰殘自愧無仙骨，唯有苓膏結壽場。

「龍蛇」，是松樹的姿態；「琥珀」，是松香的化石；「苓膏」，是寄生在松樹根上的菌類茯苓做的，《淮南子‧說山訓》：「千年之松，下有茯苓。」所以這些東西，都是松樹的專屬 logo。所以，十八公這首詩，其實句句在對唐僧說：「我是一棵松樹呀，你猜出來了嗎？我是一棵松樹！」

這首詩裏哪兩句比較好呢？是「解與乾坤生氣概，喜因風雨化行藏」，這兩句其實用的是宋王公韶《老松》詩：「解與乾坤生氣概，幾因風雨長精神。」最後幾個字為了押韻，改成「化行藏」了。

再看一首，這是柏樹精孤直公的：

霜姿常喜宿禽王，四絕堂前大器揚。

露重珠纓蒙翠蓋，風輕石齒碎寒香。

長廊夜靜吟聲細，古殿秋陰淡影藏。

元日迎春曾獻壽，老來寄傲在山場。

這首詩的中間四句「露重珠纓蒙翠蓋，風輕石齒碎寒香。長廊夜靜吟聲細，古殿秋陰淡影藏」，也是借用古人的詩句。前兩句是蘇軾的《登州孫氏松堂》：「露重珠瓔蒙翠蓋，風來石齒碎寒疆。」後兩句是温庭筠的《晉朝柏樹》：「長廊夜靜聲疑雨，古殿秋深影勝雲。」

　　「四絕堂前大器揚」中的「四絕堂」，指的是湖南長沙道林寺，建有廳堂，珍藏沈傳師和裴休的書法（後將裴休改為歐陽詢）和宋之問、杜甫的詩歌，稱為「四絕堂」，堂前有柏樹，相傳為晉名將陶侃所植。所以這裏柏樹精要用這個典故吹噓自己。孤直公這首詩，其實也是句句在對唐僧說：「我是一棵柏樹呀，你猜出來了嗎？我是一棵柏樹！」

　　明白了這個道理，再看凌空子和拂雲叟的詩，就容易明白了。凌空子的詩是這樣的：

> 樑棟之材近帝王，太清宮外有聲揚。
> 晴軒恍若來青氣，暗壁尋常度翠香。
> 壯節凜然千古秀，深根結矣九泉藏。
> 凌雲勢蓋婆娑影，不在群芳豔麗場。

凌空子為甚麼要說「太清宮外有聲揚」呢？原來亳州太清宮有八株檜樹，非常有名，傳為老子親手所植。他又說「深根結矣九泉藏」，是因為檜樹根深，蘇軾《王復秀才所居雙檜二首》：「根到九泉無曲處，世間唯有蟄龍知。」

　　這兩句詩是寫檜樹的名句。1079 年，蘇軾的政敵陷害他，讓他下了監獄，這就是著名的「烏台詩案」。其中的「罪證」之一，就是有人拿着這首詩對皇帝說：「皇帝如飛龍在天，蘇軾卻要向九泉之下尋蟄龍。這不是大逆不道麼？」

　　所以，凌空子把這句詩化入自己的詩中，無非就是向唐僧說：「我是一棵檜樹呀，你猜出來了嗎？我是一棵檜樹！」

　　輪到拂雲叟寫詩，是這樣的：

　　　　淇澳園中樂聖王，渭川千畝任分揚。

　　　　翠筠不染湘娥淚，班籜堪傳漢史香。

　　　　霜葉自來顏不改，煙梢從此色何藏？

　　　　子猷去世知音少，亙古留名翰墨場。

　　這首詩裏，也處處都是關於竹子的典故。「淇澳園中樂聖王」，指的是《詩經·衞風·淇澳》：「瞻彼淇奧，綠竹猗猗。」

意為淇水之澳（水邊彎曲處），長滿了盈盈綠竹。用以歌頌衛
武公英明賢德。「渭川千畝」，《史記・貨殖列傳》說，在渭川
種植千畝竹林，生活可以達到王侯一樣富庶。「翠筠不染湘娥
淚」，傳說舜南巡，在路上去世，他的兩個妃子娥皇、女英傷
心地哭泣，淚滴在竹子上，變成有斑點的湘妃竹。「筠」，是竹
子的青皮。「班籜堪傳漢史香」，指的漢代班固在竹簡上撰著
《漢書》。「籜（tuò，粵音同「托」）」，竹筍殼，此處代指竹子。
「子猷去世知音少」，化用的是唐羅隱《竹》詩：「子猷死後知
音少，粉節霜筠漫歲寒。」子猷是晉王羲之兒子王徽之的字。
《世說新語・任誕》載，王徽之最愛竹，即便是寄居一處，也
要種竹，並說：「何可一日無此君！」

　　所以，拂雲叟也是向唐僧說：「我是一棵竹子呀，你猜出
來了嗎？我是一棵竹子！」

　　甚至最後來的杏仙，也是用謎語的形式告訴唐僧：「我是
一棵杏樹。」篇幅關係，我們就不多說了。

　　那麼，四位樹精為甚麼用猜謎語的形式告訴唐僧自己的身
份呢？

　　猜謎語，是大人孩子都愛玩的一種文字遊戲，用隱晦的方
式把要說的東西說出來。有的謎面做得非常漂亮，是一首美麗

的詩。欣賞這種謎面的樂趣，有時候甚至超過了猜謎。

比如魯迅先生就在《長明燈》裏記載了一條謎語：

> 白篷船，紅划楫，搖到對岸歇一歇，點心吃一些，戲文唱一齣。

謎底是「鵝」。這既是謎語，也是好聽的民間歌謠。與其說寫的是鵝，不如說寫的是悠閒自在的水鄉生活。

有這樣好玩的遊戲，古人當然不會放過。比如《紅樓夢》裏就寫了許許多多的謎語，其中元宵節榮國府夜宴，書中的主要人物都做了燈謎，而且用燈謎昭示了本人的命運，比如賈探春的燈謎是這樣的：

> 階下兒童仰面時，清明妝點最堪宜。
> 游絲一斷渾無力，莫向東風怨別離。

這首哀怨淒惻的詩，謎底是「風箏」，同時也暗示了探春的命運，遠嫁異鄉，像斷線的風箏一樣，一去不復返。

於是，古人就把謎語編到故事裏，讓故事裏的人物說謎

語，暗示自己的身份。這又是一個古代的故事類型，叫「諧隱故事」（「諧隱」相當於「謎語」）。

這種故事很多，歷史上最著名的，莫過於唐代的傳奇小說《東陽夜怪錄》。

《東陽夜怪錄》說的是一個叫成自虛的人，路過東陽驛，天降大雪，他到一座破廟裏避雪，碰上了八個人：安智高、盧倚馬、朱中正、敬去文、奚銳金、苗介立、胃藏瓠、胃藏立。他們各自吟詩作賦，還互相爭吵。天亮之後發現安智高是駱駝精（「安」「鞍」）、盧倚馬是驢精（「驢」是「盧」＋「馬」）、朱中正是牛精（朱字的中間部分是個牛字），敬去文是狗精（「敬」字去掉反文旁是「苟」字），奚銳金是雞精（「奚」就是「雞」的偏旁。鬥雞經常戴金屬爪子）。苗介立合在一起就是「貓」。胃藏瓠、胃藏立兄弟，是兩個刺蝟，一個藏在葫蘆裏，一個藏在斗笠裏。

應該說，這些人作的詩，比《西遊記》裏的詩好很多。比如雞精作的兩首詩：

舞鏡爭鸞彩，臨場定鶻拳。

正思仙仗日，翹首仰樓前。

養鬥形如木，迎春質似泥。

信如風雨在，何憚跡卑棲。

短短幾十個字，把鬥雞的臨戰狀態、得勝場面都寫出來了。而且，也是兩首漂亮的謎面。

《西遊記》裏還有一處類似的故事，在雙叉嶺上，唐僧遇到了一位寅將軍，一位特處士，還有一位熊山君。他們把唐僧從長安帶來的兩個隨從吃掉了，這就是「初出長安第一難」。其中，寅將軍和特處士，都出自一個諧隱故事，這就是《太平廣記·寧茵》。

唐大中年間，有一個寧茵秀才，晚上他正在院子裏吟詩，忽聽有人敲門，來人自稱是「桃林斑特處士」，兩人就談論起學問來。寧茵一聽，這人學問雖然很大，但不知怎的，句句離不開牛。這時又有人敲門。一看，這人相貌威嚴，身形剛猛，自稱「南山斑寅將軍」。這人學問也很大，可是句句離不開老虎。

次日清晨，特處士和寅將軍都不見了，門外面只有一堆牛蹄印和虎蹄印。寧茵大吃一驚，在附近一找，發現一座廢園裏有一頭老牛趴着，還帶着酒氣，而老虎早就鑽進山林了。

寅將軍還做了一首詩：

　　　　但得居林嘯，焉能當路蹲？

　　　　渡河何所適？終是怯劉昆。

　　這裏「居林嘯」「當路蹲」，自然說的是老虎。劉昆是東漢人，他在弘農做太守的時候，愛民如子，境內太平，老虎都背着虎崽子渡河而去。

　　特處士也做了一首詩：

　　　　無非悲寧戚，終是怯庖丁。

　　　　若遇龔為守，蹄涔向北溟。

　　寧戚是春秋人，出身微賤，早年懷才不遇，曾為人挽車餵牛。後來遇到齊桓公和管仲，才被委以重任。「庖丁」就是《莊子》裏《庖丁解牛》的故事。「龔」指的是漢代龔遂，他擔任渤海太守的時候，發現老百姓喜歡帶刀劍，就叫他們賣劍買牛，賣刀買犢。

　　所以這兩首詩仍然是謎語，句句說的都是老虎和牛。

好的諧隱故事，能夠與人物的口吻緊密結合，這就需要高超的藝術手段。比如《東陽夜怪錄》裏的敬去文：

> 事君同樂義同憂，那校糟糠滿志休。
> 不是守株空待兔，終當逐鹿出林丘！

「敬去文」是一條狗，然而狗也有尊嚴，狗也有志向。一條雄心勃勃的狗，不願被人豢養於村舍，渴望馳騁山林，追逐獵物。所以說「不是守株空待兔，終當逐鹿出林丘」。這正是唐代人意氣風發、渴求建功立業的寫照。狗尚如此，人安能庸庸碌碌，過此一生！

如何破除那些關於《西遊記》的謠言？

　　《西遊記》非常有意思，又非常神祕，所以幾乎所有的中國人都喜歡。

　　於是在網絡上，產生了各種各樣的解讀《西遊記》的文章。當然，有些很有見地，但有些非常不靠譜。有的甚至是為了賺取關注，故意編造的無稽之談。

　　研究這些無稽之談，也成了我的一件很有意思的工作。

　　比如說，經常有朋友問我這樣一個問題：「聽網上說，紅孩兒是太上老君的私生子，是這樣的嗎？」

　　這是一個網上流行甚廣的說法。理由是：按原著來看，牛魔王是紅孩兒的爸爸，可是紅孩兒卻長得不像牛的樣子，他沒長角。

　　而且網上的文章還說，紅孩兒會三昧真火，牛魔王反而不

會；三昧真火是道家的絕密功夫，只有太上老君會。所以紅孩兒根本就不是牛魔王的親兒子，而是太上老君的私生子。

那麼，這個說法到底靠不靠譜呢？

答案當然是不靠譜的，這就是一個徹頭徹尾的無稽之談。

為甚麼呢？首先，看看原著，「太上老君會三昧真火」這件事，《西遊記》裏一個字都沒寫！我們普遍認為太上老君會三昧真火，其實是 1986 年版電視劇《西遊記》改編的！

1986 年版《西遊記》裏，孫悟空被放在煉丹爐裏燒煉，誰知七七四十九天之後，並沒有被燒死，還晃動丹爐，企圖逃出來。

驚慌失措的太上老君說了一句台詞：「大膽妖猴，看我用三昧真火來煉他！」然後太上老君就升法座，開始 biubiubiu 發他的「三昧真火」了！

現代人改編的情節，無論如何是不能拿來做判斷書中人物出身的依據的！

而且，《西遊記》裏會三昧真火的，並不是太上老君，竟然是孫悟空：

　　太上老君即奏道：「那猴吃了蟠桃，飲了御酒，又盜

了仙丹。我那五壺丹，有生有熟，被他都吃在肚裏。運用三昧火，煅成一塊，所以渾做金鋼之軀，急不能傷。不若與老道領去，放在八卦爐中，以文武火煅煉。煉出我的丹來，他身自為灰燼矣。」（第七回）

這句話說得很清楚，孫悟空也會三昧真火，難道說紅孩兒是孫悟空的私生子？

至於紅孩兒為甚麼不長角，第一，原著裏並沒有說牛魔王作人形的時候頭上有角，只說：

頭上戴一頂水磨銀亮熟鐵盔，身上貫一副絨穿錦繡黃金甲，足下踏一雙捲尖粉底麂皮靴，腰間束一條攢絲三股獅蠻帶。一雙眼光如明鏡，兩道眉豔似紅霓。口若血盆，齒排銅板。吼聲響震山神怕，行動威風惡鬼慌。四海有名稱混世，西方大力號魔王。（第六十回）

只有他現了本相——一頭大白牛的時候，才寫他頭上有角。認為牛魔王任何時候都帶着兩隻角，那還是受了電視劇的影響。就算紅孩兒的本相真的有角，也不必在人形的時候顯露出來。

第二，神仙鬼怪的孩子，長得可以隨爸爸，也可以隨媽媽。黃袍怪和百花羞生的兒子也沒說長得像黃袍怪。《白蛇傳》裏，白娘子的兒子許仕林難道就一定是一條蛇嗎？一句話：只要孩子像夫妻其中一方就可以！這種事情在古代傳說裏多得很。

　　所以，這個說紅孩兒是太上老君私生子的家伙，實在是欺負大家只看過電視劇，沒看過原著，是非常不負責任的。要鑒別某種說法是否靠譜，還是得多看原著。

　　當然，關於牛魔王、鐵扇公主和紅孩兒的來歷，學界還有許多說法，這裏篇幅有限，就不展開了。

　　我經常遇到的另一個問題，就是孫悟空是不是死在取經途中了？

　　這個問題，也一度在網上炒得沸沸揚揚。真假孫悟空，是《西遊記》最熱鬧的一段故事。網上流傳着一種說法，說在大雷音寺被打死的那個，才是真的孫悟空；此後跟着唐僧取經到西天的那個，是六耳獼猴。這些都是如來的陰謀，是為了搞倒他的競爭對手菩提祖師的。

　　其實只需要舉一個證據，就可以說明後面出現的仍然是孫悟空，而不是六耳獼猴。這就是後面孫悟空還有很多回憶和獨白，比如在很靠後的陷空山無底洞：

《眾神協力破魔王》

那裏面明明朗朗，一般的有日色，有風聲，又有花草果木。行者喜道：「好去處啊！想老孫出世，天賜與水簾洞，這裏也是個洞天福地。」（第八十二回）

又比如孫悟空遠遠看見唐僧祥雲罩頂，便高興地說：

若我老孫，方五百年前大鬧天宮之時，雲遊海角，放蕩天涯，聚群精，自稱齊天大聖，降龍伏虎，消了死籍。頭戴着三額金冠，身穿着黃金鎧甲，手執着金箍棒，足踏着步雲履，手下有四萬七千群怪，都稱我做大聖爺爺，着實為人。如今脫卻天災，做小伏低，與你做了徒弟。想師父頭頂上有祥雲瑞靄罩定，徑回東土，必定有些好處，老孫也必定得個正果。（第八十回）

可以去翻原著，這些都是任何人不在場的時候，孫悟空的自言自語，回憶的都是他當年在花果山的事。這些鬧天宮、鬧地府、天賜水簾洞……六耳獼猴當然沒有經歷過。假如死的是孫悟空，後面取經的是六耳獼猴，要這些獨白幹甚麼？讓六耳獼猴自己騙自己玩？除非說當年那個石猴探水簾洞的時候就淹

死了，後來稱王、學藝、鬧天宮的全都是六耳獼猴，才說得通！

而且，細讀原著就會知道，這幾回從頭到尾說得都很明確：從真孫悟空到花果山一見到假猴王的時候，作者的稱呼就固定了：管真孫悟空叫「這大聖」（或孫大聖），管假孫悟空叫「那行者」（或那猴）。這是唯恐讀者分不清楚。比如：

> 這大聖怒發，一撒手，撒了沙和尚，掣鐵棒上前罵道……那行者見了，公然不答，也使鐵棒來迎。（第五十八回）

這是真假孫悟空第一次見面，書裏明確地寫：孫悟空被唐僧趕走，直接就去了普陀山。從普陀山帶着沙和尚來的這位孫悟空當然是真的！注意，從現在開始，作者管他叫「大聖」。

兩個孫悟空說話的時候，也是真的先說，假的後說。無論在哪裏，凡是先說話的，都是「大聖」；後說話的，都是「行者」。尤其是在閻羅殿，先說話的真孫悟空還叫「大聖」，後說話的假孫悟空，作者忽然改稱「那怪」，這就更看出作者的區分了。因為真孫悟空肯定不能叫「那怪」。

到最後如來說破真相，原文也是「孫大聖忍不住上前」「孫大聖忍不住，掄起鐵棒，劈頭一下打死」。從頭到尾，真假

猴王誰是誰，清清楚楚。中間從來沒有更換過名字，也沒有任何更換過的暗示，何以就硬說後來死的這個才是真悟空？

當然，關於這個問題，還有一些不靠譜的證據，有的甚至是捏造的。比如說「菩提祖師何許人？《封神榜》上有個線索，就是混鯤祖師的徒弟」。這就是純粹無中生有，沒有一點兒根據！《封神榜》或《封神演義》根本沒有這個「混鯤祖師」。

又比如說，孫悟空在西天路上，遇到困難又回去找「菩提祖師」的時候，「菩提祖師」早已不見蹤影，只是和孫悟空隔空說話，並不見面。

這也是拿 1986 年版《西遊記》電視劇說事，欺負大家沒看過原著。原著裏自從孫悟空學藝回到花果山之後，「菩提祖師」就再也沒有出現過！所謂的和孫悟空「隔空對話」，那是 1986 年版《西遊記》第 9 集《偷吃人參果》裏演的，和原著沒有半點兒關係！

還有一個說法，說《西遊記》在明代是一部禁書，因為它裏面說了「皇帝輪流做，明年到我家」，明代皇帝對它深惡痛絕。

這也是毫無根據的。《西遊記》從明代到清代，再到民國，再到今天，就從來沒在全國範圍內被禁過！（當然，一個縣城

的七品芝麻官，一個學堂的冬烘先生看它不慣，非得要禁，那不在討論範圍之內。）

研究中國古代禁書，尤其是明清兩代的禁書的專著有多種，王利器先生的《元明清三代禁毀小說戲曲史料》、李時人主編的《中國禁毀小說大全》均不見《西遊記》的名目，古代官方文獻《明實錄》《清實錄》也未見毀禁《西遊記》的記載！

為甚麼想當然地認為《西遊記》是禁書呢？因為裏面孫悟空反玉帝？那《史記》裏項羽說過「彼可取而代也」，陳勝說過「王侯將相，寧有種乎」，難道都要被禁了？

為甚麼會出現這些問題，原因有好多。

其中最重要的，網絡時代，流行靠一些驚悚的說法賺取眼球，然而上哪兒找那麼多驚悚的知識呢？那只能乞靈於故弄玄虛，甚至不惜編造謊言。小朋友想提高辨識能力也很簡單，第一，記住真正治學嚴謹的學者、作家，很少用浮誇的口吻說話。當我們看到網上「揭開了×××驚天祕密」的文章，不管它是講《西遊記》的，還是講《紅樓夢》的，還是講別的甚麼名著的，實在不應該輕信，要打一個大大的問號。第二，多讀原著，細讀原著，用心讀原著，用腦讀原著，許多問題的答案自然就有了。

《西遊記》在今天的價值是甚麼？

　　我們今天說的《西遊記》，其實通常指的是小說《西遊記》，或者說，指的是 1592 年南京世德堂出版的百回本《西遊記》。其實，在西遊故事的發展史上，既有小說，又有平話，還有戲曲。

　　以《西遊記》為題材的戲劇，統稱「西遊戲」，這也是一個龐大的領域。清宮裏出現了一部龐大無比的連台本戲《升平寶筏》，演出全本西遊故事，一上演就達半個月之久。這齣戲在紫禁城暢音閣戲台上演的時候，應用了當時最先進的舞台技術，如用繩子吊着人飛行，和今天的「吊威亞」技術相仿。上到皇帝，下到宮女太監，沒有不喜歡看的，這可以說是《西遊記》連續劇的前身。

　　《升平寶筏》之外，出自《西遊記》故事的《安天會》《火

雲洞》《火焰山》，也都在舞台上搬演，走向千家萬戶。以孫悟空為主角的西遊戲，又叫「猴戲」。1986 年版《西遊記》主演六小齡童先生，就是南派猴戲的傳人。

電影技術出現之後，人們很快把西遊故事搬上了銀幕。1927 年前後，上海出現了大批西遊題材的電影，這可以說是西遊故事影視化的第一次嘗試，如《車遲國唐僧鬥法》《女兒國》《鐵扇公主》《蓮花洞》等。

其中最有名的，是杜宇執導的《盤絲洞》，放映的時候就萬人空巷，兩年後又輸出到歐洲。2014 年在挪威發現了《盤絲洞》的拷貝。

中華人民共和國成立後，紹劇《三打白骨精》曾經進京，為毛澤東主席演出。上海美術電影製片廠於 1961 年至 1964 年製作的彩色動畫長片《大鬧天宮》，獲得了多個世界級大獎。

1982 年，中央電視台開拍了 25 集電視連續劇《西遊記》，於 1986 年春節首播。這就是通常說的「86 版《西遊記》」。可以說這部連續劇對國人的影響是深遠的。它反覆放映了三十年，每到寒假暑假都要播放，創造了電視劇歷史上的奇跡，成為無數「70 後」「80 後」甚至「90 後」的童年回憶。而六小

齡童、遲重瑞、徐少華、馬德華、閆懷禮等人塑造的唐僧師徒
形象,幾乎成了西遊故事的經典造型。

又過了十多年,又一部著名的西遊題材的影視作品開始熱
播,這就是周星馳的電影《大話西遊》。這部《大話西遊》顛
覆了大眾先前對《西遊記》的認識,對白無厘頭,劇情搞笑,
習慣了《西遊記》是「名著」的人,不免大驚失色:名著可以
這樣惡搞嗎?

其實,這部看似顛覆了《西遊記》的片子,反倒繼承了
《西遊記》的真精神:幽默、調侃。比如「星爺」最著名的一
個橋段,是搶過牛魔王的三股叉,一面烤雞翅一面唱:「烤雞
翅膀,我最愛吃。」這和原著裏孫悟空拿着紫金紅葫蘆假裝算
卦並沒有甚麼區別。

《大話西遊》最大的特點,就是給孫悟空增加了愛情故事。
其中的一段愛情表白成了當時年輕人最熱衷的經典段子:

> 曾經有一份真誠的愛情放在我面前,我沒有珍惜,等
> 我失去的時候我才後悔莫及,人世間最痛苦的事莫過於
> 此。你的劍在我的咽喉上割下去吧!不用再猶豫了!如果
> 上天能夠給我一個再來一次的機會,我會對那個女孩子說

三個字：我愛你。如果非要在這份愛上加上一個期限，我希望是：一萬年！

《西遊記》原著裏的孫悟空是沒有愛情的，所以，作為一部深入人性的名著，不免少了一大塊必要的內容。

孫悟空在愛情和取經中，只能選擇一個，最後，他放棄了愛情，選擇了取經。事實上，這個兩難選擇，每個人差不多都會經歷。正因為兩難，所以這種選擇也更切中人的內心。

二十世紀末，今何在的《悟空傳》開始在網站上刊載，人們在傳統的孫悟空形象之外，又發現了新的內涵。

書中有一段話是這樣的，體現了《西遊記》原著中貫穿的自由、堅韌、不屈精神：

> 我要這天，再遮不住我眼；要這地，再埋不了我心；要這眾生，都明白我意；要那諸佛，都煙消雲散！

然而原著《西遊記》是一部正劇，《悟空傳》卻是一部悲劇。正劇和悲劇的區別，在於對大前提認識的不同。對於「成正果」這件事，作者今何在這樣看：

佛是甚麼，佛就是虛無，四大皆空，甚麼都沒有了，沒有感情沒有慾望沒有思想，當你放棄這些，你就不會痛苦了。但問題是，放棄了這些，人還剩下甚麼？甚麼都沒了，直接就死了。所以成佛就是消亡，西天就是寂滅，西遊就是一場被精心安排成自殺的謀殺。

　　在這樣的前提下，悲劇是必然的。

　　大鬧天宮的孫悟空被一分為二，其中一個被如來壓在山下，戴上了金箍，後來被唐僧救出；另一個則是張揚叛逆、追求自由的「齊天大聖」。他要贖罪，必須以殺死另一個孫悟空為條件。最後，孫悟空殺死了叛逆的自己，然而如來卻指着孫悟空說：「這個是六耳獼猴。」當孫悟空明白了這場騙局之後，企圖和如來大戰，然而一切都晚了，他的力量消失了。

　　這自然是對「真假孫悟空」故事的再創作，然而又比「真假孫悟空」深入了一層，正如書中所說：

　　　　沒有人能打敗孫悟空。能打敗孫悟空的只有他自己。

　　　　所以要戰勝孫悟空，唯一的辦法就是讓他懷疑他自己，否認他自己，把過去的一切當成罪孽，把當年的自己

看成敵人，一心只要解脫，一心只要正果。

應該說，《悟空傳》恰好寫出了無數少年一腳踏在校園，一腳踏進社會的心態。成長，是不是要否定當年的理想？成熟，是不是要放棄自由？每當我們被這個複雜的社會慢慢吞噬的時候，許多人都會想起當年那個單純、理想的少年：到底哪個才是真正的自己？

到了今天，西遊題材已經成了中國影視、文學、藝術各種文化產業的第一超級 IP。無數作家、導演、編劇、畫家、遊戲設計師在其中吸取營養，取得自己需要的內容，然後創造自己的故事，用不同的時尚形式講出來。這些故事甚至影響了全世界，從美國到歐洲，無數西方孩子都知道，中國有個孫悟空，有個唐僧取經。

僅遊戲行業，每年因為《西遊記》而產生的收入至少超過百億。如《大話西遊》《夢幻西遊》《西遊降魔篇》《大唐三藏》等。最近火爆全國的遊戲《王者榮耀》裏，孫悟空、牛魔王、哪吒、楊戩，都是《西遊記》裏的人物。

《西遊記》故事產生於唐代一位高僧的宏偉誓願，終於轉化為全體中國人民的精神享受，而且，這種精神享受看來會不

斷發展下去，發展成新的時尚，直到無窮無盡。

　　從玄奘法師啟程到今天，一千四百年過去了。題材還是那個題材，但是故事早已不是原來的故事。每個時代，從傳說到詩話，從平話到小說，從戲曲到電影，從網文到漫畫，所有的人都利用這個題材，應當時當地人們的需要，講出新的故事。無論是詩話、戲曲，還是小說，我們今天看來，或許是陳舊的古董，但在當時看來，卻是最前衛的時尚。

　　其實，這就是傳承。繼承傳統的最好方式，其實是創新。傳承不一定是保持舊有的形式，而是把傳統的題材，講成新的故事。也許穿上了新的衣服，改換了新的面孔，然而，傳統的內核沒有變，素材沒有變，只是形式變了，方法變了，技術變了。

　　這就像人的成長，孩子長大後，經過無數次新陳代謝，身上早已沒有一塊來自父母的血肉。然而，父母的基因卻傳承了下去，無論他走到哪裏，用甚麼形式生活，他都會承認，這個身體，來自父母的給予。然後，長大後的子女還會繁衍自己的後代，用創造新的生命的方式，傳承着自己的基因。當我們捧着一個新生兒的時候，應該想到，這不是一個懵懂無知的嬰兒，而是人類傳承了千百萬年的傑作。

《修成正果》

後 記

這本小書，基本都是在「遊牧」的路上寫成的。

所謂「遊牧」，是作家馬伯庸先生的一個說法。就是背着筆記本電腦，到外面去晃悠。比如找個諸如咖啡廳、肯德基之類的地方，一寫一天。

這種形式，特別像遊牧民族放牧牛羊，住無定所，逐水草而居。

然而，家附近荒涼，沒有咖啡廳，那也無妨：以車為家！

早晨起來，就開着車，到北京西郊的山裏到處轉悠，看哪裏風光好，就在路邊停下來，用一個網上買的小桌板，在方向盤上一掛，筆記本一放，打開文檔，開始餵自己的羊兒。

有時候，旁邊還像模像樣地放杯咖啡，倒不是為了提升情調，而是以免被誤認為趴活兒（等着招攬生意）的黑車司機。

　　我在山崖下待過，在河岸邊停過，或是平展的荒地，或是有路的山巔，「大雁聽過我的歌，小河親過我的臉」，只要越野車能上去的地方，都可以作為我的牧場。在這種環境下寫作，是極有代入感的。每天見到的，「高的是山，峻的是嶺；陡的是崖，深的是壑；響的是泉，鮮的是花。那山高不高，頂上接青霄；這澗深不深，底中見地脈。山前面，有骨都都白雲，屹嶙嶙怪石⋯⋯」好吧，真的是進了《西遊記》的場景了。

　　而且，這些東西觸手可得，就在我的車窗外！

　　有一次，我順着山路開到一個叫三流水的地方，那是一個小山村。在北京，再也沒有比它藏得更深的地方了。因為根本沒有路，政府為了這個村，專門修了一條隧洞通向外界。

　　車停在洞口，一股股的亂雲從黑漆漆的洞中飛出，扒着車窗爬上來又落下去，一時間，我真的以為站在哪個妖怪的洞府門口，準備和一群衝出的小妖展開大戰。

　　在責任編輯，也是我的同學王苗女史的督促下，從九月份晃悠到十一月份，羊肥了。

　　如果我是取經人，王苗女史就是不斷提供幫助的南海觀音。但凡缺甚麼書，只要微信上說一聲，人家立即心領神會，保證把最合適的材料寄到我手裏。

有時候死活寫不出來，接到王苗女史找來的資料，真的像捧着三根救命毫毛。

　　這本書雖然小，卻不是我一個人能獨立完成的，離不開王苗女史背後的大力支持。

　　如果說這本書有甚麼特別的地方，大概可以概括為兩句話：

　　它在所有靠譜的書裏，是比較不靠譜的。

　　它在所有不靠譜的書裏，是比較靠譜的。

　　第一句話的意思是：已經有許多學者出版了許多關於《西遊記》的研究著作。這些書材料豐富、論證確鑿，在《西遊記》的學術史上，都佔有一席之地。不過呢，閱讀對象一般默認為專業的研究人員，所以一般的讀者，尤其是中小學生，看着容易吃力。這些書流傳範圍較窄，有時候，很多人甚至不知道市面上還有這些書存在。

　　第二句話的意思是，市面上另有許多解讀《西遊記》的暢銷書，一般封面花哨，結論驚悚，取經是一個局，每個人物都為了某種陰謀在活動。看了之後，幾乎以為自己讀的是一本假

的《西遊記》。

　　我這本小書，試圖把「靠譜」和「有趣」結合起來，在靠譜的基礎上，儘量講得有趣。材料，都來自學界經過檢驗的成熟說法；觀點，卻來自我自己的認識和發揮。

　　而且，這不是一部教材，一、二、三、四，要列甚麼課程體系，教你甚麼道理。你翻開目錄，會發現很多章節的標題，都是一個個的問題。比如：

　　孫悟空會筋斗雲，為甚麼不能背着唐僧飛到西天？

　　孫悟空為甚麼不能使定身法打妖怪？

　　為甚麼孫悟空能大鬧天宮，卻打不過西天路上的很多妖怪？

　　這些問題，不是我自己擬的，而是真的去採訪每個年齡段的小朋友（比如剛才那位馬先生的兒子馬小煩），由他們提出來的問題。然後，我試圖以我的理解，作出解答。因為這些問題，既然是某個小朋友的問題，也許就是一群小朋友的問題。

　　我們小時候認識《西遊記》，往往就是從這些稀奇古怪的問題開始的。有時候，還會把爸爸媽媽問煩，認為這些問題很無聊。

　　然而，既然一個問題被許多孩子問過，那麼，它就並不無

聊，而且，非常值得研究。你讀過之後，就會發現，這些問題的背後，可能有許許多多的內容，是你不曾想到過的。

當你們了解了這些內容之後，回過頭來，再看《西遊記》，就會有不一樣的體驗！

祝閱讀愉快！

你的大朋友　李天飛

責任編輯：楊歌
裝幀設計：鄧佩儀
排版：鄧佩儀
印務：劉漢舉

為孩子解讀《西遊記》

李天飛／著　　黃簫／繪

出版｜中華教育

香港北角英皇道 499 號北角工業大廈 1 樓 B
電話：(852) 2137 2338 傳真：(852) 2713 8202
電子郵件：info@chunghwabook.com.hk
網址：http://www.chunghwabook.com.hk

發行｜香港聯合書刊物流有限公司

香港新界荃灣德士古道 220-248 號 荃灣工業中心 16 樓
電話：（852）2150 2100　傳真：（852）2407 3062
電子郵件：info@suplogistics.com.hk

印刷｜美雅印刷製本有限公司

香港觀塘榮業街 6 號海濱工業大廈 4 字樓 A 室

版次｜2021 年 6 月第 1 版第 1 次印刷
©2021 中華教育

規格｜32 開（210mm x 148mm）

ISBN｜978-988-8758-76-0

版權聲明：本書由天天出版社授權中華書局（香港）有限公司以中文繁體版在中國大陸以外地區使用並出版發行。
該版權受法律保護，未經同意，任何機構與個人不得複製、轉載。